血腥遣散費

SEVERANCE PACKAGE

杜安・史維欽斯基 Duane Swierczynski 著

黃非紅 譯

臉譜小說選 2
血腥遣散費 *Severance Package*

作　　者　杜安・史維欽斯基 Duane Swierczynski
譯　　者　黃非紅
封面設計　朱陳毅 BERT DESIGN
文字排版　林翠茵
企劃選書　冬陽
責任編輯　冬陽

業　　務　陳玫潾
行銷企劃　陳彩玉、王上青
主　　編　冬陽
總 編 輯　劉麗真
總 經 理　陳逸瑛
發 行 人　凃玉雲

出　　版　臉譜出版

城邦讀書花園
www.cite.com.tw

發　　行　英屬蓋曼群島商家庭傳媒股份有限公司城邦分公司
台北市民生東路二段141號2樓
讀者服務專線：02-25007718；25007719
服務時間：週一至週五9:30～12:00；13:30～17:00
24小時傳真服務：02-25001990；25001991
讀者服務信箱E-mail：service@readingclub.com.tw
劃撥帳號：19863813 書虫股份有限公司
城邦讀書花園網址：http://www.cite.com.tw
臉譜推理星空網站：http://www.faces.com.tw

香港發行　城邦(香港)出版集團
香港灣仔駱克道193號東超商業中心1樓
電話：852-25086231/傳真：852-25789337
Email：hkcite@biznetvigator.com

馬新發行　城邦(馬新)出版集團
Cité(M) Sdn. Bhd.(458372 U)
11,Jalan 30D/146,Desa Tasik, Sungai Besi,
57000 Kuala Lumpur,Malaysia
電話：603-90563833/傳真：603-90562833
Email：citekl@cite.com.tw

初版一刷　2009年4月28日

定價299元 (本書如有缺頁、破損、倒裝，請寄回本社更換)

國家圖書館出版品預行編目資料

血腥遣散費/杜安・史維欽斯基 (Duane Swierczynski) 著；黃非紅譯． -- 初版． -- 臺北市：臉譜出版：家庭傳媒城邦分公司發行, 2009.05
面；　公分. -- (臉譜小說選；2)
譯自：Severance package
ISBN 978-986-235-020-1 (平裝)

874.57　　98004051

小說內文插圖　Dennis Calero
人物介紹插圖　臥斧

目次

大衛・墨菲

墨菲－諾克斯與合夥人公司老闆，週六臨時會議的發起者，這將是他人生中得執行的最後任務⋯⋯
「不，我不會開除你們，我會殺了你們，然後再自殺。」

茱莉・路易斯

大衛的祕書，打點老闆的大小事，包括這次的「毀滅行動」。但從故事一開始，你就會發現她絕非簡單人物⋯⋯
「我早就已經看到跡象⋯⋯」

愛咪・費爾頓

大衛的副手，在工作之餘扮演排解員工情緒、聆聽心聲的角色。不過，連她這個公司的第二把交椅都不清楚開會的真正原因⋯⋯
「這裡沒有人會傷害你。」

伊森・勾隱斯

週六開會前一晚與愛咪等人去喝酒，隔天宿醉進辦公室的男子，急著去上廁所的結果大大改變了他的人生⋯⋯
「抱歉，老闆，我得去拉肚子。」

詹米・迪布魯

公司的媒體關係主任，剛休完陪產假就被公司找去開週六臨時會，為了保住工作還是咬牙進公司。老闆面前循規蹈矩的好員工。

「我以後不會改寫大衛‧墨菲的文章。」

史都華・麥克蘭

又一個忠心員工，信奉「老闆都是對的」哲學，過去曾做過業務員，在公司的工作內容與銀行帳戶管理有關。

「老闆，依你說的辦。」

羅珊・寇特伍

剛從實習生升為正職員工，在公司裡只有妮可這個朋友，個性略顯神經質，覺得辦公室氣氛總是神祕兮兮……

「公司為什麼要在星期六開會？」

妮可・懷斯

與羅珊最親近的員工，但似乎有著不欲人知的企圖。對於週六召開會議一事有不祥的預感，卻也是她漫長的夢魘任務的結束？

「我猜我應該感謝你還讓我穿著胸罩。」

獻給詹姆士・羅區[1]，他教過最危險的遊戲。

1 此人也許是指美軍退役上校James S. Roach，他在九〇年代中期於哥倫比亞參與了美國反毒戰爭，他曾在一篇報導中描述了美國中情局的種種情報戰手段。

起床電話

很高興與您做生意。——無名氏

他名叫保羅・路易斯……

……而他並不知道自己只剩七分鐘可活。

當他睜開眼睛，他的老婆已經在沖澡。他們的臥室跟浴室只隔著一面牆，他可以聽到水流大力衝擊地磚的聲音。保羅想著她在浴室裡的樣子，赤裸、滿身肥皂、泡沫滑過她的乳頭。也許他應該走進淋浴間給她驚喜。他沒有刷牙，不過沒關係，他們不一定要接吻。

然後他想起茉莉的早晨會議。他看了時鐘一眼，七點十五分。她得一早就進公司，對一個狂野的星期六早晨來說，這實在太過分了。

保羅坐了起來，舌頭在嘴巴裡轉了一圈，口腔又乾又黏。他需要立刻喝瓶健怡可樂。

中央空調開了整晚，所以客廳又暗又涼。在娛樂家電櫃上面有兩片他們昨晚看的DVD：兩部極度暴力的布魯斯・威利驚悚電影。想不到這竟是茉莉的主意，她通常不喜歡動作片。「但我很迷戀布魯斯・威利。」她嬌柔地說。「噢，你迷戀他啊？」保羅微笑回答，「他有什麼是我沒有的？」他的老婆用指甲滑過他的胸膛，然後說：「斷過的鼻子。」然後他們昨晚的影片欣賞就結束了，而第一片DVD還剩下三十分鐘沒看。

餐桌上有兩個盒子。保羅知道一個是給茱莉的老闆。怎麼，那傢伙不會自己取郵件啊？第二個盒子是綁著絲線的白色硬紙盒。也許裡面裝滿了香草瑪芬蛋糕，或是巧克力餡的卡諾里蛋糕捲，是她昨晚回家路上在瑞丁車站市場買的。茱莉對辦公室裡那些自以為了不起的混帳太好了，但是保羅也不會試著改變她。茱莉就是這種個性。

保羅轉過角落走進廚房。有那麼一秒鐘，他擔心自己把中國菜餐盒留在流理檯上，他們吃剩的炒飯、撈麵與七星拱月，就全壞了。但是茱莉已經處理好，紅白相間的餐盒整齊地放在冰箱架上，就放在一排健怡可樂的下面——他本來都喝一般可樂，直到茱莉指出每天早上他喝下多少糖分為止——在健怡上面有個微波爐用白色餐盒，藍色的蓋子上貼了一張黃色便條紙：

午餐才能吃!!!愛你的茱莉。

噢，寶貝。

保羅掀起蓋子邊緣，立刻聞到一股甜美的香氣。茱莉的馬鈴薯沙拉是他的最愛。

她為他做了馬鈴薯沙拉，只有今天才有。

天啊，他好愛他的妻子。

保羅在一個波蘭裔大家庭成長——在改姓為路易斯之前，他們本姓是陸文斯基，保羅非常慶幸他們五十年前就改姓了[2]——所以他常吃波蘭家常菜。他祖母史黛兒的有名拿手菜卻是一點波蘭味也沒有：馬鈴薯沙拉，從保羅嬰兒時期開始，這道菜總是伴隨著每一頓節慶大餐。但史黛兒奶奶在保羅十三歲時過世了，從此以後就沒人可以複製這道馬鈴薯沙拉。保羅的媽媽、姊妹、或是任何堂表姊妹都辦不到。保羅跟茉莉交往了幾個月之後，他告訴茉莉他有多想念史黛兒奶奶的馬鈴薯沙拉。她沒講太多話，只是微笑地聽他說，她通常都是扮演聆聽者的角色。但是她心裡正在思考著。接下來的幾個星期裡，茉莉・芬內堤——後來變成茉莉・路易斯——做了些研究。

接下來的復活節，茉莉給她的未婚夫看一個微波爐用餐盒，裡面裝著難以想像的馬鈴薯沙拉，嚐起來就像史黛兒奶奶的手藝，從美乃滋的甜度到芹菜的側面切法全都一樣。這道令人驚喜的馬鈴薯沙拉受到路易斯家族的熱烈歡迎，茉莉因此在他們的心目中穩占了一席之地，從現在直到永遠。

今天又不是什麼節日，她卻幫他做了這道沙拉。

保羅重讀了一次警語：午餐才能吃!!!然後露出了微笑。每當耶誕節或是復活節早上

1 有各式海鮮、肉類與蔬菜的什錦菜。

2 一九九五～九七年，同姓女子莫妮卡・陸文斯基與時任美國總統的柯林頓有不正當的性關係，此性醜聞後來導致柯林頓因偽證等罪名遭到彈劾。

茱莉醒來，要是抓到她丈夫正拿著大調羹偷挖餐盒裡的沙拉來吃，總會覺得很噁心，而他們的賓客還要過好幾個小時才會抵達。

啊，反正今天不是什麼節日，保羅心想，沒有客人要來。

他從身後的抽屜裡撈出一支大調羹，然後吃了一大口人類所知最美味的食物。特製美乃滋接觸到他味蕾的那一瞬間，血液中彷彿湧過一股尼古丁。這種滋味提醒他想到自己有多幸運，可以娶到茱莉這樣的女人。

過了一會兒，保羅開始窒息。

他感覺好像有塊無比巨大的馬鈴薯卡在他喉嚨。保羅心想，他只要把東西咳出來就沒事了，但很怪異的是——他無法吸進任何空氣。恐慌取代了馬鈴薯沙拉所帶來的朦朧溫暖感。他無法呼吸、講話或大喊。保羅的嘴巴張開，嚼了一半的馬鈴薯塊滾了出來。這是怎麼回事？他連第一口都還沒吞下去。

他的膝蓋猛撞在亞麻油地磚上。

他雙手急伸往喉嚨。

□

在樓上，茱莉・路易斯已經快沖完澡了。背上沖著熱水很舒服，她的腿毛再刮一處就刮完了，然後把泡沫沖掉，澡就洗好了。她心想保羅是不是還在睡。

□

保羅的雙腿瘋狂亂踢，彷彿正在看不見的側倒慢跑機上跑步。他顫抖的手指抓著地板。

不，不能就這樣死了，不可以是這麼蠢的死法，不能是被茱莉的馬鈴薯沙拉噎死。

茱莉。

茱莉可以救他。

起來。

一定得站起來。

他把手伸到爐子上，抓住銀色的茶壺，開始大敲，讓她可以注意到。

站起來。

保羅的視線裡有灰點在亂轉。他手掌貼在亞麻油地磚上，把自己往上抬了幾吋，然後用另外一隻已經汗濕的手掌，它滑掉了。保羅的鼻子猛地撞在地板上，疼痛在他臉上爆炸散開。如果可以的話，他會尖叫。

他現在只有一個念頭。

茶壺。

去拿茶壺。

兩年前的耶誕節，他用這個茶壺當作禮物送給茱莉。她很喜歡茶跟熱可可。他是在市中心

不，不能就這樣死了，不可以是這麼蠢的死法。

的凱帕廚具店挑了這茶壺，那是她最喜歡的店。

站起來。

□

茱莉先關掉熱水，兩秒後水就變冷了，她享受著最後的冰水衝擊。在八月天，沒有比沖冷水更棒的感覺。接著她轉動旋紐，讓水從蓮蓬頭水管流進浴缸。沖完澡水管裡多餘的水沖著她的腳。

她拉開浴簾，伸手到牆邊拿浴巾。當她的手抓到浴巾時，她心想她聽到某種聲響。

某種……金屬敲擊聲？

□

保羅再度用力把茶壺砸在爐子上……但掙扎到此為止。他已經缺氧太久，肌肉快餓死了，它們總是要求給予立刻與持續的滿足──氧氣。這些貪心的混帳。

他倒下，滾往洗碗槽，保羅嘗試用拳頭搥自己的胸口，但這是沒用的動作。他已經沒有搥打自己的氣力了。

馬鈴薯。

一小塊馬鈴薯就讓他的世界在他四周崩塌。

噢，茱莉，他心想，原諒我。因為某個週六早晨我蠢到挖了些馬鈴薯沙拉到嘴裡，卻造成你生活永遠的改變。你香甜的馬鈴薯沙拉，浸滿了美乃滋，它象徵了這些年來你為我做的所有美好事情。

我最最可愛的茱莉。

廚房漸漸消失。

一年前他們重新裝修了廚房，把舊鐵櫥櫃拆掉，裝上氣味新鮮的白檀楓木。

這是她選的，她喜歡那種顏色。

噢，茱莉……

茱莉？

現在出現在門口的不就是茱莉？她美麗的紅髮還滴著水，白色的大浴巾包著她的身體。

天啊，她不是我的幻象。她是真的站在那裡，低頭看著我，把首飾掛上她的手腕，幾只寬厚的銀手環。保羅想不起曾買過銀手環給她，這是從哪來的？

慢著。

為什麼她沒試著救他？

她難道看不到他窒息著、顫抖著、搖動著、亂抓著、乞求著而且**快沒命了**？

但茱莉只是凝視著，臉上帶著最奇怪的表情。這個表情將是保羅・路易斯此生最後看到的東西，如果有來生，儘管他此生的記憶已經被抹去，這仍將是會不斷縈繞他心頭的畫面。茱莉的臉還在心裡，讓他大惑不解。這個女人是誰？為什麼她會讓他的靈魂痛苦？

當他的妻子低頭看著他扭動瀕死的身體時，保羅並未聽到她說的話。也許對他來說這是一種慈悲。

「嗯，這比預定的時程提早發生了。」

抵達

高階主管必須對組織與同事負責，不能容許身居要職的某人怠忽職守。——彼得・杜拉克

他名叫詹米・迪布魯……

……他整晚大多時候都醒著，安瑞雅與他輪班，反覆在主臥室與他們公寓後面的小臥室之間穿梭。

這麼長時間沒睡覺，最痛苦的就是他的眼睛。詹米戴著日拋型隱形眼鏡，但最近他連晚上都不把隱形眼鏡摘下來。沒戴眼鏡就跟瞎了差不多，他剛成為新手爸爸，不敢冒險在深度近視的狀況下換尿布或泡嬰兒奶粉。更糟的是他們必須在黑夜中照料嬰兒，讓崔思得以學會日夜的差異。

陽光。

黑暗。

今早的陽光最後變成炎熱的八月星期六，裝在窗戶上的冷氣也無法對抗高溫。而詹米必須穿上衣服前往辦公室，他的眼裡滿是淚水。

現在有了嬰兒的生活是：

白天

夜晚

白天

夜晚

全都混在一起。

沒有人告訴過你，當了父母就像嗑迷幻藥。你看著你熟悉的生活化成灰色的渾沌。就算有人告訴過你，你也不會相信他們。

詹米知道他不應該抱怨，尤其是他已經休了一個月的陪產假。

然而星期六早晨回去上班還是很怪，他要去參加老闆大衛・墨菲主持的經理級會議。上一次他看到老闆是六月下旬，老闆來參加在辦公室舉辦的寶寶慶祝會。在辦公室辦這種慶祝會很奇怪，沒有人帶來禮物，只是送了塞了鈔票——只是一元或五元零鈔——的賀卡。大衛提供了各類冷盤以及培珀莉農場牌餅乾，這是老闆的最愛。史都華跑去汽水販賣機買可樂跟健怡可樂，詹米從賀卡裡抽出一些一元鈔票給他買飲料。

能夠遠離辦公室很棒。

非常棒。

現在這個「經理級會議」，詹米根本不知道跟什麼有關，他已經休了一個月的假。

更別提詹米根本不是經理。

然而現在他別無選擇。他還能怎麼辦?冒著三個月沒有醫療保險的風險換工作?安瑞雅五月已經離職了，同時失去了公司的整套福利。

此外，大衛不是個壞老闆。讓他受不了的是其他的同事。

他的難處並不難搞清楚。詹米的職位是「媒體關係主任」，意思是他得向外界——或更精確地說，是一些專業出版品——解釋墨菲—諾克斯與合夥人公司的工作。

除了他之外的員工都負責了公司的實質業務，並組成封閉的小圈圈。他們築起就算不是不可能、也是難以入侵的高牆。他們是公司的前進動力，他們自成一國形成「派系」。

他則被職員們稱為呆瓜。

在唐—布萊史崔[1]工商資料庫中，墨菲—諾克斯與合夥人公司被列入「金融服務單位」，據稱全年營業額為五億一千六百六十萬美金。詹米所寫的新聞稿通常跟新的金融服務有關。相關資訊直接來自愛咪．費爾頓——有時則是妮可．懷斯。大衛很少直接給他資訊，然而每篇新聞稿都要經過他的辦公室。詹米會列印出一份新聞稿，放到茉莉桌上的黑色塑膠檔案匣。過了幾個小時之後，這份稿子會從詹米的門縫滑進來。有時候大衛一字不改，但有時他會把詹米的文章胡亂改寫成不合文法且死板的東西。

詹米試著要說服老闆別這麼改——他自作主張地重改大衛修改過的稿子，然後把新稿子連

1 美國最大的工商資訊服務公司之一，以其巨大的全球公司資料庫聞名。

同一份註記呈給他看，註記上解釋了為什麼他修改了一些地方。

他只試過這麼一千零一次。

「跟我覆述。」大衛說。

詹米微笑。

「我不是在開玩笑。跟我覆述。」

「噢。」詹米說，「嗯，我跟你覆述。」

「我**以後**不會。」

「我**以後**不會。」天啊，這真是侮辱人。

「改寫大衛・墨菲的文章。」

「改寫你的文章。」

「大衛・墨菲的文章。」

「噢，**大衛・墨菲的文章**。」

所以，沒錯──大衛偶爾蠢得可以。但是跟其他員工每天對待他的方式比起來，根本不算什麼。他們並非對他**少了**尊重，這麼說會隱指他們原本是尊重他的。對「派系」來說，詹米就是個呆瓜的代名詞。

除非你需要發新聞稿，否則完全不用理會詹米。

最糟的是：詹米可以理解這一點。他前一份工作是在新墨西哥州的小型日報社跑新聞，那裡的編輯與記者同一個鼻孔出氣，差不多完全忽視報社的控制者——那個掌管財務大權的生化人。什麼？下班後邀他出來喝啤酒？這就像邀請賓拉登回家吃火雞配小紅莓醬一樣。

現在**詹米**就是那個生化人，寫新聞稿的生化人。難怪今天早上他並不特別急著進辦公室。

但他還是想辦法振作起來。一想到正睡著的崔思，就提醒了他上班的理由。冷氣迅速地讓詹米駕駛的速霸陸Forrester休旅車內部涼快起來。這輛車剛在後座裝了嬰兒椅，如果不裝，醫院就不讓他們帶嬰兒回家。他們夫妻倆都忘了這檔事，他得趕去里其蒙港的玩具反斗城，然後在潮濕的七月天耗了大半夜，想辦法搞懂要怎麼把它裝進車裡。

他從後照鏡裡看著崔思的車用嬰兒椅，心想他不知醒了沒。

詹米把手伸進皮製袋子的前方口袋，拿出手機，掀開上蓋，按下「2」，然後跳出了他們家的電話號碼。

嗶。

無訊號。

什麼？

詹米再試一次，然後找著訊號強度指標，一格都沒有，取而代之的是一個話筒被紅線劃掉的圖案。

無訊號。

這裡沒有訊號——離費城市中心不過數分鐘車程之外的地方？

也許是他休假之後，大衛取消了他公司付費行動電話的福利。但不對啊，不可能是這樣。昨天詹米還用過手機，在CVS藥妝店打電話給安瑞雅，問她自己是否買對了崔思的尿布。

詹米再度按鍵，還是沒有訊號。他得從公司打電話給安瑞雅。

□

他名叫史都華・麥克蘭……

在他看到標示牌之間，他的福特Focus轎車在白色水泥車道已經走到一半。他踩下煞車，瞇著眼確認他沒看錯。轎車不動，它不喜歡留在原地，尤其是在這麼陡的斜坡上。史都華得踩油門才能讓它不往下溜。

假日停車費：

二十六點五美元。

難以置信。

市場路一九一九號這棟三十七層樓高的大樓，反射著週六早晨的陽光。你不能稱它是摩天大廈，因為自由一號[2]與二號大樓只在兩個街區之外。這棟大樓就是史都華週一到週五上班的地點。他並沒有知道停車費率的理由，因為他幾乎從不開車。他在巴拉辛威德村租了棟房子，他上班搭火車到費城郊區通勤車站很輕鬆，只要花幾塊錢就可以。但是今天是星期六，火車速度比較慢，而且市中心車流量不大，開車快多了，但顯然也貴多了。

你會以為舒服的公職應該會附停車位吧。

而且你會以為舒服的公職不會在星期六把你拖進辦公室吧。

哈。

但他真的不明白，為什麼週末早上要被拉進辦公室。他所做的工作——移除銀行帳戶，把持有金融卡又想發動聖戰的回教激進分子給閹了——其實在哪裡做都行。他可以在該死的星巴克辦公，沒有工作比這更單純卻又更有滿足感。也許有些人一想到用狙擊槍把戴頭巾的中東人幹掉就很爽，而史都華愛死了按下「執行」鍵。

他猜很快就會知道是怎麼回事了。

史都華開始倒車，他的腳輕輕放開煞車，車子滑下斜坡。另一輛車猛然轉進來，準備要衝上車道，從其車速判斷，那輛車就算是**輾過**他的車也在所不惜。

煞車發出尖銳的聲音。福特轎車煞死停住，讓史都華的背貼上了座椅。

「搞什麼。」他說。

他用力拍了方向盤，然後看著後照鏡。

---

2 六十三層樓大廈，費城第二高樓。

那是一輛速霸陸Tribeca休旅車，開車的是個女人。

史都華放低身體，再看了一次後照鏡，瞇起眼睛。

噢。

茉莉・路易斯。

史都華讓福特轎車繼續往下滑，那輛休旅車得到暗示，於是倒車退出斜坡車道，等在二十街旁。史都華把車停在與休旅車平行的位置。今天早上車流很少，現在才八點四十五分。史都華搖下車窗，休旅車助手席那邊的車窗也搖了下來。

「你改變心意不上班了？」

「嗨，茉莉。我真希望如此，但我只是不想付二十六塊半的停車費。我會到街上找停車位。」

「那你就得定時跑去計時表投幣。」

「那我就去投幣。我才不付二十六塊半。」

「大衛告訴我，我們會在這裡至少待到兩點。」

「什麼？我以為中午就結束了。」

「他今天早上寄了電郵給我。」

「拜託，到底是什麼事情？家裡有筆記型電腦，我可以在客廳裡完成一切他想做的事。」

「我只是替他傳話，別對我生氣。」

史都華看著這輛Tribeca休旅車——對一名助理來說，她的車未免太豪華了，他心想——衝上了車道。他沿著二十街開下去，在雅克街左轉，轉進二十一街，再走市場路到十九街。他開過栗木街的綠燈，然後右轉山嵩姆路。在門牌一千九百號的區段沒有停車位，接下去的路段也沒有，看起來再往下開也不會有位子。

他打開菸灰匣，裡面的硬幣只有一枚二十五分、一些十分跟很多一分。

「拜託。」

但此時有了動靜。一輛凌志轎車紅色尾燈亮起，正在往後退。史都華踩了煞車，慢慢停車，看著凌志移出車位。

更棒的是，那車位是平常日卸貨區，在週末大家先搶先贏。

「**讚**。」史都華說。

□

她名叫茉莉·路易斯……

……在一九一九號大樓的車庫中，她慢慢把休旅車停進空蕩樓層裡的一個車位。最近的一輛車離她至少有十部車之遠。她把引擎熄火，打開放在助手席上的公事包，裡面的黃色便條本上，放著大衛的包裹。

茉莉的手機響起歌曲「男孩別哭」的吉他旋律。她把耳機接上，按下「接聽」鍵。某人的聲音對她說話。

她說：

「是，我記得。」

過了幾秒後：

「我明白。我已經依照程序辦事。」

這兩個包裹是昨晚送來的。保羅問過她，**現在**你又訂了什麼東西——他邊微笑邊說——茉莉誠實地回答說，這是給大衛的東西。她把包裹拿到玻璃隔間的露台，坐在白色的金屬花園椅上。她謹慎地用藍色握把的剪刀，把封口膠帶剪開，打開了第一個紙箱。

她把大衛包裹裡的東西放進了自己的公事包，然後向幾個街區外的美味中國菜餐館點餐。保羅討厭撥電話過去，每每都要等到茉莉來打。

然後她回到露台，打開第二個箱子。現在她正看著那裡面裝的東西：

一把貝瑞塔點二二手槍。

彈藥——彈匣裝有十五發射擊練習用子彈，二十九公克重。

「我正在進行。」現在她說，「待會兒見。」

茉莉打開白色紙盒，把大部分的甜甜圈與卡諾里蛋糕捲倒到停車場的水泥地上讓鴿子去享用。她迅速將手槍組裝填彈，然後把槍塞進剩下的兩個甜甜圈之間，糖霜果醬口味甜甜圈。

保羅以前也愛吃糖霜果醬甜甜圈。

□

她名叫羅珊・寇特伍……

……她們正驅車前往費城市中心。

「我們公司要收起來了。」羅珊說。

她等了一早上才說出這句話。

「公司不會收起來。」妮可說，「我們這一行不會關門大吉，在這個市場不會發生這種事情。」

「那為什麼會要在星期六開會？」

「無所謂啦，反正公司是**不會**收掉的。」

妮可與羅珊三個月前才迅速成為朋友，就在羅珊從實習生升為正職員工之後。在那之前，妮可除了責備羅珊忘了歸還女廁鑰匙外，兩人其實沒講過太多話。羅珊晉升的公文在各單位傳遞的那一天，妮可悄悄來到羅珊的辦公隔間，邀她去「馬拉松」餐廳吃午餐。從此之後，她們每天一起共進午餐。

羅珊珍惜這段友誼，但也為此而感到挫折，因為妮可就像大多數的費城人一樣：冷淡、漠不關心，突然間又改變了態度。

就算在她們突然奇蹟般交上朋友之後，辦公室的氣氛**還是**神祕兮兮。不知多少次她走進妮可的辦公室，卻發現她迅速地敲了幾個鍵，讓螢幕變成空白，然後開啟一份假的試算表，彷彿羅珊不會注意到她這種行徑。

「公司不會關門。」妮可又說了一次，「但是我看到報表了。」

「然後？」羅珊問。

「總營收數字很難看。就算考慮到我們已經低列了預算，還是很糟。」

「**那麼**糟？」

「很糟。」

「有多糟？」

「羅珊，你知道我不能告訴你。」

「保密條款。」

這就是妮可對所有事情的藉口：我簽署了保密條款。抱歉，羅珊，不是因為你的關係，而是保密條款。我本來想告訴你，昨晚在凱博餐廳用餐之後，我帶了哪個人回家，可是你知道的……我有**保密條款**。還不只是妮可，整個辦公室都是這樣。在這方面，整座城市也是如此。

羅珊把視線焦點放在道路上，試著讓左車輪與分隔線保持同樣的距離，試著不要偏離它。

「如果不講出實際數字的話，」妮可說，「我可以告訴你。」

「所以？」

「我們比預期低了至少八十五萬。」

羅珊開的雪佛蘭休旅車滑下舒異基爾快速道路，只有星期天開車才能走這條路。她看著前方馬那楊克區的山丘，看起來好像在煙霾中活活烤焦了。

羅珊儘管沮喪，但還是很高興可以從一個有空調的環境前往到另一個。她在布林莫爾的公寓並沒有空調可用。昨夜她跟愛咪、妮可跟伊森喝酒，妮可提議讓她睡在沙發上過夜，她很樂意地接受了。她在妮可家沖澡換衣服，對於她家的空調非常感謝。羅珊在佛蒙特州長大，那裡並沒有溼度過高的問題。

費城人怎麼有辦法這樣度過一整個夏天？也許這就是他們的問題所在。

□

她名叫妮可・懷斯……

……她討厭對羅珊撒謊，告訴她什麼「總營收」的屁話。如果羅珊更細心注意辦公室四周的事物，她也許可以看穿這一切。

但是妮可並沒為這件事煩心。如果今天早上一切如預期發展，她就會得到升遷。

有件大事要發生了。

否則墨菲不會召開這個週六早晨的會議。

她心想她有沒有機會可以用言語給他最後一擊，享受地看著他那張蠢臉上的表情。

你？他會震驚地說。

對啊，她會說，就是**我**。

也許——只是也許——她漫長的夢魘任務就要結束。

如果真的發生的話，她要把羅珊一起帶走。

美利堅合眾國需要像羅珊・寇特伍這樣的聰明女青年。

□

她名叫愛咪・費爾頓……

……她希望自己並不是這麼需要這份工作。

但是她很需要這份工作，也將會繼續需要它，尤其如果她繼續做出昨晚那種愚蠢的行為的話——她在大陸酒館一把抓起帳單，說沒問題，這由我來付。愛咪，幹得好，你的美國運通卡上又多了不必要的一百一十九塊支出。她甚至沒喝太多酒，四個小時內只慢慢啜飲了兩杯「宇宙」調酒。

但妮可、羅珊跟伊森……噢，天啊，伊森，他喝下肚的黃湯足以讓肝臟捲起來。

可惡，她為什麼要請客？她有那麼積極想討好她並不特別喜歡的人嗎？

除了伊森之外。

問題是，愛咪知道她完了，因為這是她工作的一部分。

有一次大衛曾經告訴她：「你得當我的公眾形象。老闆整天煩著員工並不是件好事，但是**你**可以。你是他們在管理高層中可以傾吐心聲的對象。你的意見可以直接讓我聽到，但你卻還是他們的朋友。所以讓他們開心，帶他們出去喝酒。」

當然，帶他們出去喝酒，但她卻再度拿起了帳單。

她想要問：為什麼**政府**不偶爾負責埋單？

說什麼愛咪得當員工「在管理高層中可以傾吐心聲的對象」，這對大衛來說只是個簡單的脫身藉口。他不喜歡跟層級比他低的人有社交往來。愛咪是他的副手，可是**她**幾乎很少有時間跟他面對面。更糟的是，他連續十六天沒進公司，也沒告訴她他去了哪裡，說什麼是祕密的政府業務**等等**。大衛並沒意識到，他隨性去度假會對辦公室的士氣有嚴重的打擊。他這一週回來了，但是辦公室裡還有人在開玩笑或吐苦水。沒有人喜歡老闆這麼久都不在公司。

尤其是在這種辦公室，考慮到他們的工作內容，事情更是如此。

現在又搞了今天早上的「經理級」會議。大家將會恐慌起來，尤其是那些沒收到開會通知的人。

大衛甚至不告訴她會議關於什麼，只說這是「新的行動」。

彷彿他們每天所做的都不夠重要？

愛咪，就撐過這個會議吧。

在週末時段——今天似乎是炎熱的夏季週末——市場街—法蘭克福高架捷運每十五分鐘才一班。她到月台的時候，眼睜睜看著八點二十一分那班有冷氣的列車離開車站。太陽就像是攝影師的閃光燈泡，亮度調到「令人眼睛睜不開」。沒有微風可以讓她涼快點，就算是站在這麼高的月台上也沒有風。費城正在另一波熱浪的掌握之中——連續七天的氣溫都在攝氏三十八度以上。這種高溫在大西洋沿岸中部相當不尋常，但是過去四年來，這似乎已經變成常態。

至少她沒有宿醉。在這種高熱下，宿醉將會無法忍受。

她一直擔心會喝太多。

怕帳單會太貴。

□

他名叫伊森・勾隱斯……

……他的宿醉不只是一種生理狀況，而是活生生的怪物，巢居在他大腦的組織裡，啃噬著腦裡那些粗肥的灰麵條，吃得津津有味，還把他全身的水分都當成雞尾酒吸得一乾二淨。他雙手的皮膚好乾，你可以把他摔向水泥牆——如果伊森的手掌剛好向外的話——他就會黏在牆上。他的眼睛需要被拔出來，丟進裝著冰水的水瓶裡。這也許會有些痛，但他會享受熱遇到冷時那舒服的「嘶……」一聲。

噢，伊森沒那麼蠢。他知道他得去大衛・墨菲可惡的週六早晨經理級會議報到。

這就是為什麼他昨晚熬夜，跟愛咪喝那些柳橙馬丁尼的原因。

反叛分子伊森・勾隱斯。

一次喝一杯法國馬丁尼，都算在老闆帳上。

問題是，這些酒喝起來像譚恩牌果汁，甜得像小孩子的早餐飲料。現在伊森把他悸動、脫水、發燙的身體塞進一個鋁作的棺材，製造商叫本田汽車。他知道他只有一個機會。

麥當勞得來速。

大杯可樂、加很多冰塊、一根紅黃相間的吸管插進杯子裡。

加蛋滿福堡。溫熱英國馬芬鬆餅，上面灑了麵粉，裡面包著平板狀的蛋，夾著加拿大培根。

還有薯餅。

三片薯餅，包在油膩的小紙袋裡，撒在車內助手席上。

愛咪‧費爾頓跟他碰面講話時也坐在助手席，他們放鬆心情，尷尬地凝視彼此……然後他開車送她回家，就像把修女送回修道院一樣。

愛咪修女造成他今天早上的苦難──這位小姐老是說：「噢，我們下班後一起去喝一杯。」在愛咪從酒單中指出來之前，伊森從來沒聽說過法國馬丁尼。

好啊，下次她坐我的車時，屁股就會沾到油。

後來想想，也許他應該買四片薯餅。多預備一片以防萬一，也許這將是個需要吃四片薯餅的早上。

只有靠補給肉類、咖啡因、碳水化合物與蛋白質，他才有希望可以活著撐過這個早上。

他只祈禱今天早上的會議會簡單扼要——一個新的工作任務，一點新訓練。無所謂，反正他在辦公室裡的角色對他們的任務來說並非核心，他只是保護者。如果某人想要找那些嗜數字如命的怪胎的麻煩，他就會出面打斷那人的脖子。所以今天早上他們想要扯什麼就讓他們扯個過癮吧。

只要讓他可以盡速回家，打開中央空調，鑽進毯子裡，寧靜地忍受著宿醉帶來的死亡痛苦。

伊森拿金融簽帳卡付了早餐錢，抓起紙袋，把可樂放在置杯架，扯著吸管包裝紙，接過找錢丟進他的袋子裡，然後開車離去。在下一個紅綠燈，加蛋滿福堡的包裝紙已經被打開，正往他的嘴巴送去。

在他開上舒異基爾快速道路交流道之前，第三片薯餅已經成為歷史。

在他抵達范恩街出口之前，伊森的肚子裡開始翻騰。

當他開到市場街時，已經不只是翻騰而已，有股東西想要從肚子裡逃出來。

開到二十街時，肚子裡的東西正在全面反叛。

當然，伊森早就該知道：麥當勞早餐只能短暫治療宿醉。它可以短暫服侍大腦跟胃，但這解藥卻會要你付出代價。它在你腸道裡引起的混亂，幾乎可以跟宿醉本身一樣痛苦。這就像在前往地獄之前，你先把手掌壓在天堂的沙灘上一樣。

伊森需要上廁所，**立刻就要**。

辦公室，那是他唯一的機會。

□

他名叫大衛・莫菲……

……他就是老闆。

從昨夜開始，大衛就已經待在辦公室。他在夜色的掩護下，開車進了大樓，把車停在不同的停車場樓層。就算他沒這麼做，也沒有人會注意到他，幾天前他另租了輛車，還換了兩次車牌。

運用誤導、假象與欺敵戰術。

他和平常一樣，直接依照莫斯科法則行事。例如：

選擇行動的時機與地點。

他將會想念莫斯科法則。某些人有道德規範，而大衛有這套鬆散的準則，在冷戰期間，駐莫斯科美國大使館裡的中央情報局幹員發展出這套準則，對諜報專業有幫助，對人生來說大致上也很有用：

永遠相信你的直覺。

建立一套獨特且強烈的形象與行為模式。

窩在這裡過夜之前，大衛惋惜自己沒先找個伴遊小姐。他真的很想來個口交，這會讓他的心情比較平靜。

但是他最後的任務在召喚著他。

大衛走向停車場的電梯，他提著兩個塑膠袋，裡面裝著耐用的牛皮紙袋，還提著他的黑色公事包。他所需要的就是這些。

他也應該先去速食店的點餐車道。他快餓死了，而且今晚將是個忙碌的夜晚。也許稍晚他可以溜出去買點吃的。甚至還可以找張溫暖的嘴巴。魚鎮區某個可口的小妓女。

就如莫斯科法則所說：

做選擇時不要畫地自限。

他的辦公室在樓上，冷氣並不如他所希望的那麼強——這棟大樓晚上會把空調關小——大衛跪在小冰箱前，拿出那些袋子裡的東西：三瓶六十四盎司的純品康納特級帶果粒柳橙汁，四瓶法國凱歌香檳。香檳總是要比柳橙汁多，沒人會在「含羞草」調酒裡加太多柳橙汁。

餅乾已經準備好了，是他前一天在CVS藥妝店買的。他有股衝動想打開一包吃幾片，但是他忍了下來。他明天需要這些餅乾。

在他超大的防彈公事包裡有：電梯密碼與電話系統藍圖。

維萊遜電信公司的客戶服務專線。

兩個包裹：電纜線跟啟動裝置。

一切都準備好了。

慢著。

還有一樣東西：他得毀掉的那份傳真。

其實這張傳真是沒必要的。大衛知道有誰在名單上。他根本不會忘掉或漏掉一個人名。

這些名字將永遠烙印在他的大腦，直到地老天荒。

不過剩下的時間並不多。

「不要太花俏的把戲，把他們殺了就好。」

這將是他最後會聽到，或服從，的指令。

大衛再度掃視這份名單：

Jamie DeBroux

詹米・迪布魯

Amy Felton

愛咪・費爾頓

Ethan Goins

伊森・勾隱斯

Roxanne Kurtwood

羅珊・寇特伍

Molly Lewis

茉莉・路易斯

Stuart McCrane

史都華・麥克蘭

Nichole Wise

妮可・懷斯

他得把他們全給殺了。

開會

為了要在今日的世界裡獲得成功的人生，你必須有完成使命的意志力與韌性。

——華裔美籍企管書籍作家朱津寧

會議室的桌上滿是餅乾。培珀莉農場牌各種口味與形狀的餅乾：米蘭諾、棋王奶油、波爾多、日內瓦以及維諾納。大衛已經請大家自己動手打開包裝拿餅乾來吃。桌上還有兩塔透明塑膠杯，三瓶純品康納與四瓶香檳。

詹米讀不懂酒瓶上的標籤，但是它們看起來像是法國香檳而且昂貴。其中兩瓶的軟木塞已經彈出來，可是還沒有人動手倒酒。餅乾也沒人動。

等到大衛伸手拿了一塊米蘭諾之後，大家決定跟進吃餅乾是個好主意。

詹米看上了棋王奶油，但是他按兵不動。他並不打算跟「派系」爭搶餅乾，讓他們隨便選好了。棋王奶油是其中最不受歡迎的，等到搶食的狂潮結束之後，他應該還可以拿到幾片。

「看來大家都到了……」大衛邊說邊掃視每張臉孔，然後皺起眉頭，「除了伊森之外。有人看到伊森嗎？」

「他的包包已經在他的辦公桌，他的電腦也已經開了。」茉莉說。她坐在自己的老位子：惡魔老闆的右手邊。

「他昨晚有回家嗎？」

「有。」愛咪・費爾頓說，然後臉抽搐了一下，彷彿後悔自己開了口。

「要我去找他嗎？」茱莉說。

大衛搖頭。他的眉毛上有小小汗珠。「不，不用了。我們可以不必等他先開會。」

「你是要……」

「沒錯。」

詹米判斷他們之間有某種老闆／助理的問題。

他討厭大衛對待茱莉的方式。

她才進公司六個月，在大衛手下工作已經完全消磨了她的士氣。詹米猜想，這是因為她是真正的人類——而不是「派系」的一員。

在詹米所有的同事中，他只跟茱莉相處了比較多的時間。詹米在某份雜誌裡讀到關於「辦公室配偶」的文章——在職場上與你分享生活的代理伴侶。這跟出軌無關。詹米讀了這篇文章之後，認為最像他辦公室配偶的人就是茱莉。而且茱莉跟他一樣是已婚，所以很輕鬆地就可以建立關係。他們團結一心認為大衛・墨菲是個「工具」，也就是腦袋很不靈光的人。

「工具？」茱莉曾經問道，她盡力忍住自己臉上快浮現的傻笑。

「對，工具。」詹米說，「你從來沒聽過這種說法？」

她咯咯地笑，「在伊利諾州我沒聽過。」

「鄉下女孩，繼續跟著我。」詹米說，「我會把關於這個邪惡大城市的一切教給你。」

回想起來，正是茉莉為他辦了寶寶慶祝會。只有她沒把他當成只會搞媒體關係的人。

搶餅乾活動結束了。詹米抓住機會，迅速拿了三片棋王奶油。他把餅乾疊在白色的餐巾紙上。最上面的那片餅乾的圖案是卒子。

「首先，」大衛說，「我想要感謝大家週六早上特地過來，而且是八月中旬的**炎熱**週六早晨。這個時節，腦袋正常的人都不會留在費城。」

史都華發出呵呵笑聲。其他人都沒笑。史都華是個馬屁精。

但大衛說的沒錯。窗外，塵霾籠罩著費城市中心，讓人難以看到半徑兩個街區之外的細節。

大衛停止說話，用牙齒把一片米蘭諾餅乾咬成兩半。他慢慢地咀嚼，把面前桌上的餅乾屑掃開。這男人喜歡當慢郎中的程度，幾乎跟他喜歡培珀莉農場牌餅乾一樣高。

「我知道這種會議不符合程序，但是我們已經遇到了新挑戰。我已經受命接受這個挑戰，這就是今天早上我把你們大家找來的原因。」

大衛又像平常那樣講話曖昧不清。程序？挑戰？真的會有人這樣講話嗎？這傢伙講的話，十分裡有人可以了解五分嗎？

詹米盯著純品康納。他口渴了。棋王奶油讓他更渴，而且可能只會讓他下午因為攝取太多糖分而昏昏欲睡。他向安瑞雅保證過，會盡早回家接手照顧崔思的工作。

「現在，」大衛說，「我們正式進入封鎖狀態。」

「什麼？」

「噢，拜託。」

「我進公司卻遇到這種事？」

「大衛，這是怎麼回事？」

「可惡。」

詹米環顧室內。封鎖？「封鎖」是什麼玩意兒？

「此外，」大衛接著說，「我也採取了一些其他措施。電梯已經被輸入了過樓不停的代碼，在接下來的八小時內都會跳過這層樓不停。每一部電梯都不例外。打電話到一樓櫃檯也沒用。」

詹米沒聽見講到櫃檯的那一句。他還停留在「接下來的八小時」那句。八個小時？跟「派系」困在這裡？他本來以為自己中午就可以離開。安瑞雅會把他殺了。

「電話，」大衛說，「都被切斷了。而且不只是電腦室裡的電話被切斷。你們沒辦法把電話線接回去就讓電話接通。這一層樓的電話線已經在地下室的機房就被切斷，連接維萊遜電信路由器的地方已經被斷開。因為電梯不會來，所以你們也沒辦法下去重接。」

史都華大笑。「萬一要抽根菸的話就麻煩了。」

「大衛，我無意冒犯。」妮可說，「但如果我需要抽菸，不管封不封鎖，我都會走下三十六層的消防梯去抽。」

「不行。」

妮可抬起一邊眉毛，「你打算阻止一個女人抽她的萬寶路香菸？」

大衛雙手排成帳棚狀，撐在他骨頭突出的下巴底下。他微笑著說：「消防梯對你也沒有用處。」

「為什麼？」詹米聽到他自己開口發問，雖然他並不抽菸。

「因為各個門口都已經裝了沙林毒氣[1]炸彈。」

□

用了六團衛生紙與拚命洗手之後，伊森鄭重發誓，此後對法國馬丁尼絕對不再多看一眼──或是加蛋滿福堡。他離開三十七樓的廁所，走向北側消防梯。

他看了看手上塑膠與金屬製成的耐吉運動手錶。他已經遲到了，不然還能怎樣？寧可遲到，也不要在那個冷氣過量的樓角辦公室裡坐立不安，然後還得在大衛・墨菲註冊

1 一種劇毒神經毒氣，一九九五年，日本的奧姆真理教曾經在東京地鐵列車內施放此毒氣，造成嚴重傷亡。

商標的腦力激盪會議中途衝出來。

抱歉，老闆。我得去拉肚子。細節你可以問愛咪，她會把法國馬丁尼對腸部消化道的影響全告訴你。

伊森在三十七樓上廁所的這段時間裡，他心裡一直對樓上的那些公司感到好奇。當然不只有一家公司——在走廊盡頭有各家進駐公司的樓層列表。

現在他還在好奇著。

上帝慈悲，消防梯裡的空氣總算比較暖和。一個念頭引誘著伊森，要他到涼快的水泥地上坐下，感受辦公室外不同的氣候。吸進暖空氣，流汗把法國馬丁尼排出來，同時讓舒服的涼風從樓下的階梯吹上來，吹進他的屁股，治療他的「菊花」在三十七樓所遭受的傷害。

但是他越晚出現在三十六樓，他就會越慘。

伊森，起來。

去啊，伊森。

走下消防梯，把手放在門把上，去把這場會議開完。

他常拿來卡住門不讓它鎖上的紙板還在原位。

□

一開始還有人微笑，接下來大家都困惑地皺眉。詹米心想，這應該是某種讓氣氛熱絡的活動？或者這是大衛的怪異表達方式，他的意思是今天早上將進行消防演習？

「大衛，別鬧了。」愛咪說，「這一點都不好笑。」

「大衛，**沙林毒氣**？」妮可問道，「這未免太殘酷了吧？」

史都華試著附和大家，「說真的，你不能搞一點炭疽菌噴發之類的東西就好嗎？讓想闖出去的人知道你是玩真的就行了，而且可以讓他們活著招供。」

「像炭疽菌那類的生物毒劑耗時太久。」大衛說，「而且它也不像你所想像的那麼容易被用作武器。」

「沒錯。」史都華說，「我總是不喜歡它那一點。」

「此外，就算你被噴了一臉炭疽菌，你還是會以為你暫時沒問題。然後你就會衝下消防梯，跑到市場街上去。我認為沙林毒氣的立即效果——眼睛灼熱、噁心、呼吸困難、肌肉無力等所有的症狀——將會是唯一能讓你們留在這層樓的東西。我沒用太浮誇的劑量，但一定可以讓你們跑不到一樓。你們還跑不到三、四層樓，氣管就會封閉住。」

愛咪皺起了鼻子，「大衛。」

「我冒犯了你們嗎？」

「**這是惡意的工作環境**。」史都華裝著假音說。

「好，我們懂了，現在是封鎖狀態，我們哪兒都去不了，哈、哈、哈。」愛咪說，「所以行動計畫是什麼？」

「嘿，慢著。」妮可說，「在我們開始談到計畫之前……大衛，你確實知道有誰在這裡，對吧？」她對詹米比了個手勢。

我？詹米心想。噢，「派系」可真是討人喜歡啊。老天，我竟然在開一場有酒精的會議，而這個會已經夠恐怖了。

大衛再度把兩根食指排成帳棚狀頂在鼻子下方。他微微抬起眉毛，然後張開嘴巴……

然後是一聲尖叫。

不是大衛，而是從其他地方傳來的，在會議室的牆外，這層樓的其他地點。

茱莉說：

「天啊，伊森……」

□

在事情發生之前，伊森有抬頭看到門上那個奇怪的物件。那樣東西是骨白色，不太起眼，大小跟腰包一樣大，還有個數字鍵盤跟發光的綠色數位螢幕，上面顯示著「準備啟動」字樣。他轉頭看身後的牆壁——也許還有更多個這樣的東西？他的手還放在門把上。當他轉身時，門又打開了一吋。

他聽到喀一聲。一陣霧狀物直接噴在他臉上。他的雙眼立刻灼熱起來，讓他嚇壞了。

所以伊森尖叫起來，不顧自己的叫聲聽起來可能像什麼樣子。

他發出淒厲的尖叫。

□

大衛跟茉莉交換了眼神，然後大衛說：「我們得去看看出了什麼事。」

「等一下，」愛咪說，「那是**伊森**嗎？」

詹米站了起來。他往窗外看去，在夏季早晨的塵霾中搜尋著飛機的蹤跡。他不由自主地這麼做，九一一事件那天，他人在下曼哈頓的一棟大樓裡工作，就在百老匯路與布列克街的交叉口。他的辦公室窗戶面對著世貿中心雙塔，當第一架飛機撞上時，他正在小號。詹米回到辦公室驚嚇地看見北塔的上層樓層起火了。某人尖叫。

從此在他的記憶裡，尖叫與大火就密不可分。

當時他試過撥電話給在上城工作的安瑞雅。運氣不佳，電話線不通。詹米打電話給他在維吉尼亞州念書時的大學室友，他的室友可以聯絡到安瑞雅。當他正在等著室友回音時，第二架飛機撞上去了。儘管他人在數個街區之外，還是可以聽到爆炸聲。

現在的尖叫聲讓他想起了九一一那天早上。

「詹米，坐下。」大衛說。

「我認為我們待在這裡不安全。」詹米說。得再過了些時候，當他回想起今天早上的事件，他才會理解他曾經短暫地獲得未卜先知的超能力。他的腦袋裡有一小部分已經知道其他部分將會慢慢體驗到的事：**我們待在這裡不安全。**

「**現在**給我坐下。」大衛命令說。

詹米訝異地發現自己又坐了下去。不然他打算想幹什麼？看看窗外有沒有摩天大樓正在燃燒？

大衛清清喉嚨，凝視著一包離他最近的日內瓦口味餅乾。

「但願我有更多時間可以解釋，讓你們可以安心一點，但我想這是不可能了。」

他的手指梳過頭髮。詹米可以發誓，他看到大衛的手正在發抖。

「真相是，我讓你們失望了。」

沒人開口說話。

甚至沒人伸手拿餅乾。

詹米心想，這很糟糕。他心想他最新的履歷表是存在辦公室還是家裡的電腦。他只希望公司會有些遣散員工的配套措施，讓他可以安然度過幾個月的求職期。

「你們大部分都知道本公司的真相。」大衛說，「但是對兩位並不知情的同事，我為你們將受到的震驚向兩位道歉。」

某人倒抽一口氣，但詹米沒看到是誰。

「我們是掩護CI6這個政府情報單位的門面公司。」大衛說，「我們要被裁撤了。」

詹米發現自己正與史都華四目相接。我們是**什麼組織？**

史都華看起來一點都不訝異。

「你們應該對我做我將對你們做的事。」大衛接著說。

「噢，不。」羅珊快喘不過氣來，「你要開除我們。」

大衛緊抿著嘴唇對她微笑，然後搖了搖頭。

「不，羅珊，我不會開除你們。我要**殺了**你們，包括你跟會議室裡所有的人。然後我會自殺。」

「**大衛**。」愛咪說。

「茱莉？請你把箱子拿出來。」

箱子似乎是突然間出現在茱莉面前。先前詹米都沒注意到它。他就像其他人一樣，視線都集中在餅乾上。

茱莉打開這個普通的白色郵遞紙箱，撥開一些泡狀包裝用塑膠布，舉起裡面的一把手槍。槍管附近裝著一個笨重的東西。

大衛伸出了手。

茱莉顫抖著。她猶豫了一會兒，才把武器交給老闆。

她像個好職員一樣遞出手槍，然後微微點頭。

大衛拿槍指往員工們的方向。他的手腕只要稍動一下，就可以直接把槍管瞄準任何一個人。詹米感覺到額頭冒汗，他不能確信自己真的看到這個景象，但當然他正在目睹這件事情發生，因為它是真實的。

就正在他眼前發生。

「我要你們做的事，」大衛說，「就是把一些香檳跟柳橙汁混在一起。這兩種飲料裡各含有一種化學物質，當混合在一起的時候，就變成一種非常有效的毒藥。它完全不會帶來痛苦，你們會在幾秒之內失去意識，這樣就結束了。」

「大衛，不要再說了。」愛咪說，「這一點都不好笑。」

「幾天前的晚上，我自己嘗試過這種毒藥，只用了非常**少**的劑量。它非常令人放鬆，我從來沒睡得這麼好過。」

史都華仍嘗試扮演忠貞的士兵。「老闆，你要我們跟你一起喝酒？我們就會跟你一塊喝。」

大衛不理會他。「如果你們選擇不要喝，那麼我將被迫對你們的頭開槍。我無法保證第二種方法不會痛，你們也許需要被補上第二顆子彈。如果你們都決定要做蠢事而一起衝向我，情況可能會更糟糕。不要誤判情勢。如果你們往我衝過來，你們所有人都會被射殺。我的射擊準頭極佳，你們若是熟悉我情報工作的背景，就會知道我說的是真話。」

詹米心裡有一部分想要相信這只是一場騙局，或是一部電影，或是一場惡夢，但是他所有的感官都向他傳達著真相：**這是玩真的**。他也有種感覺，只有他把大衛的話當真。會議桌邊的其他人，看起來彷彿還在等著大衛講出笑點或是道德教訓。但是詹米意識到：他的老闆並非在講笑話或寓言。他正在讓他們做抉擇。

喝毒香檳然後死掉。

或是頭部中槍。

現在詹米相信這件事的程度，就像他相信他正坐在會議室的椅子上，就像他相信會議室廣闊的窗戶外，早晨的潮濕空氣正在燉煮著費城。

「你瘋了。」詹米說。

大衛同情地看著他，「詹米，我本來並不想邀你今天早上過來。我對天發誓，我真的不想。你只是我們的媒體聯絡窗口，我甚至跟他們講，為什麼要找上這個做媒體關係的人？你是非常好的媒體聯絡人，你對工作很有熱情。但是，唉，你看到了你不應該看的東西。」

「你在扯什麼？我看到了什麼東西？」

「你的妻子與新生兒將會相信你死於辦公室火災。」大衛說，「有人會照顧他們。」

「大衛，**拜託**。」愛咪說，「你在幹什麼？有其他人知道你在做這件事嗎？」

「對啊，這**一點**都不好笑。」

「我要去找伊森。」

椅子開始移動。

大家緊張地喘著氣。

「我跟你去。」

「**坐下！**」

大衛發出命令。

命令有效。

每個人都僵住不動。

「我已經給你們所有人一個有尊嚴的出路。」他說，「我建議你們接受。」

沒有人說半句話，最後史都華帶著若有所思的微笑，環顧四周，站了起來。

「老闆，依你說的辦。」

□

史都華知道這是怎麼回事。

在他被招募到這裡工作之前，他上一間公司的人資部門認為，花錢送一些業務員去參加野外體驗營隊是值得的。他們到森林裡三天，學習打繩結與彼此信任。

倒數第二個活動：往後倒下。來吧，讓自己往後倒，從懷疑與憂慮中解放出來，你的同事們會接住你的。

史都華照做了，但是當他往下墜的時候，他想到的都是在「蘋果蜜蜂」連鎖餐廳談生意的時刻，他試著閒聊以進入推銷主題，但是每個人看著他的神情，活像他頭上有噴血的傷口，而他們並不想讓他的血沾到他們的西裝。不過他還是讓自己往後倒，讓自己去信任別人。

野外體驗營領隊是個粗魯的男人，看起來像導演奧利佛・史東，如同領隊所保證的一樣，他的同事的確接住了他。當史都華往上一看，沒有人低頭看著他們手中的這個人類。不過沒關係，他們是接住了他。史都華獲得一張證書與一枚小胸章，他也在履歷上把這個經歷列出來。

所以現在就是這麼回事，這是大衛怪異的信任遊戲。那把槍只是道具——可能是發射照明彈的槍，也許甚至是在史賓賽禮品店可以找到的手槍打火機。老闆講到電梯與窗戶的用意，是要模擬某個情境……像是險惡的環境，就像他們在野外體驗營遇到的那樣。你無路可逃，只能信任，信任你的同事，信任你的老闆。

這是政府單位的門面公司，但它還是一家公司，史都華越想就越認為這是信任的考驗，目的是要看看誰是或不是當高層主管的料。

史都華拿起香檳，在透明塑膠杯裡倒了三指高的液體。

「史都華，」詹米說，「慢著。」

史都華揮揮手，彷彿是在趕蒼蠅。詹米只是嫉妒他，因為他是第一個採取行動的人。

「史都華，你這是非常聰明的舉動。」大衛說。

史都華倒進一些純品康納，他不由自主地露出大大的微笑，他即將通過信任測試。並沒有東西可以拿來攪拌香檳與柳橙汁——到底該不該攪拌「含羞草」？管他的，無所謂，這只是為了信任考驗。

「乾杯。」史都華說，同時舉杯裝出敬酒的樣子。

「感謝你為公司的付出。」大衛說。這讓史都華微微一頓。這句話是什麼意思？

詹米現在站了起來，「史都華，**不行**，不要喝。」

詹米，你就眼睜睜看我搶頭香吧。

史都華啜飲了「含羞草」調酒，然後看著大衛。

但大衛什麼都沒說，只是凝視著他。大家也凝視著他，甚至包括詹米在內。詹米又坐了下來。

最奇怪的事情是，史都華感覺自己瞬間回到了野外體驗營。他有強烈的衝動想要往後仰倒，躺在同事們的手中。但是這一次，他們都將欽佩地看著他，因為他贏了信任遊戲，而其他人都不能說他們贏了，對吧？

他還拿著塑膠杯嗎？史都華並不知道。

他感覺不到自己的手指。

他也感覺不到自己的雙腳，彷彿它們的機能已經停止。

□

大家看著史都華癱倒在地。他握著調酒塑膠杯的手撞到會議桌邊，調酒灑得四處都是。坐在史都華旁邊的羅珊反射性地從椅子上跳到旁邊。

「噢，天啊。」

他也感覺不到自己的雙腳，
彷彿它們的機能已經停止。

「**史都華**，」愛咪說，「別鬧了，史都華，這並不好笑！」

「我有個建議，」大衛舉起一根骨骼明顯的手指說，「當你們喝這東西時，盡量保持坐姿。你們也許甚至會想要坐在地板上、靠著牆壁，這樣一來你們就可以在入睡的時候免於受傷。」

「史都華？」

「然而我不認為史都華會有什麼感覺。這種毒藥首先停止的就是大腦的機能。」

愛咪跑到會議桌邊，跪在史都華身旁，他的眼睛還是睜著。她把一根手指壓在他的頸動脈上。她抬頭看著羅珊。

「你來確認一下，摸摸他的脖子。」

「不要，我才不幹。」

愛咪瘋狂地在史都華脖子周邊搜索著，想要找像是脈搏的東西。你沒辦法假裝停止脈搏，你無法就這樣以意志停止心跳。

「**史都華！**」

大衛搖頭，「愛咪，他已經走了。」

愛咪的視線越過桌子仰望著老闆。

「史都華選了聰明的離開方式。我希望你們剩下的人也會比照辦理。如果你們希望的話，我們可以一起喝。」

詹米說，「噢，你也要殺死自己？」

「是的，詹米。他們要我們全部離開。」大衛轉向他的助理，「茉莉，你可以為大家服務嗎？」

Jamie DeBroux

詹米・迪布魯

Amy Felton

愛咪・費爾頓

Ethan Goins

伊森・勾隱斯

Roxanne Kurtwood

羅珊・寇特伍

Molly Lewis

茉莉・路易斯

~~Stuart McCrane~~

~~史都華・麥克蘭~~

Nichole Wise

妮可・懷斯

茉莉在會議過程中一直保持緘默，就連史都華在自殺前敬酒時都沒開口，現在她抬起了頭。

然後她把手伸進一個白色紙箱，拿出另一把槍。它看起來比較小。

「嘿，」大衛說，「我的意思是要你去調酒。就像我們討論過的那樣？」

她用那把槍瞄準大衛。

他瞇起眼睛。「那是貝瑞塔？」他問道。

茉莉尖叫——這股憤怒的噴泉咆哮而出，彷彿已經在鎮靜的山丘下積壓已久。

「喂，等一下……**茉莉！**」

然後她扣下了扳機。

轟！

大衛頭皮的一部分飛離了他的頭顱，像是一頂飄在微風中的假髮。

□

大衛看到眼前發生爆炸，然後他頭的右側有一種冰冰涼涼的感覺。

當他往後倒的時候，某人按下了「暫停」鍵。

他可以看到員工們的臉孔清清楚楚地凝結住。其中很多人驚訝得嘴巴闔不攏，其他的人則似乎還沒理解現在發生的事件。

然而他自己也不能理解。

茉莉。

他們已經討論過這件事**很多次**。給大家喝「含羞草」，一條輕鬆的離開之道。他並不認為很多人會接受這個方法，可是誰知道呢？說不定沒問題。如果情況惡化，就把開槍的工作交給大衛。你只要低下頭，祈禱上帝保佑。茉莉是基督徒，在每封電子郵件裡，她都會在她名字前寫上「上帝保佑」、「奉天主旨意」或是「信仰耶穌」。她是個虔誠的中西部女人，因此她是最適合這種工作的人，最適合聽從指令。

只有這一次小小的例外。

我的上帝啊。

茉莉剛剛對他的頭開了一槍。

茉莉！

大衛知道在原本的計畫中她不會活著離開這個會議。但是**她**並不知道這一點。他已經承諾會放她一馬，給她新的身分、新的人生。她是怎麼發現真相的？

不過沒錯，他的確對她並沒安什麼好心眼。先對她的腿開一槍讓她倒地，然後用槍指著她的頭，告訴她如果想活命，就把襯衫跟胸罩脫掉。欣賞完她的胸部，然後還是殺了她。

她是怎麼發現真相的？

大衛的身體撞上會議室的地板。

會議之後

要開始工作的唯一方法，就是閉嘴然後開始動手。——華特・迪士尼

每個人都站了起來。

「他……他……他打算殺了我們所有人。」茱莉用顫抖的聲音說。

她的手被手槍的重量往下拖，硬生生撞在會議桌上。槍管指著大衛剛剛坐著的空間，槍口有煙霧繚繞。然後，現場比較安靜了：

「他會把我們全給殺了。」

「茱莉，我知道。甜心，把槍給我。」是愛咪・費爾頓，她露出同情但堅定的表情。

愛咪控制了全局。

「茱莉，槍給我。」

茱莉點頭，但沒有動。

「我別無選擇。他告訴我，如果我不照他的話做，他會把保羅殺了。」

保羅‧路易斯，她的丈夫。

「甜心，」愛咪說，她的表情軟化下來，「我了解。我現在要去拿槍了，可以嗎？」

愛咪成功地把槍拿走。茉莉雙臂疊在會議桌上，把頭埋在裡面。

「有人確認過大衛的狀況嗎？他死了嗎？」

「噢，茉莉，看看你做了什麼？」

「閉嘴。來，拿著這個。」

詹米低頭一看，愛咪把那把殺人凶器遞給他。

「我不要拿。」

「我得去確認大衛的情況。拿著這個。」

一切感覺上就像另一次九一一事件。震驚的程度相同。茉莉開槍打大衛。愛咪想要把茉莉用過的槍遞給他。大衛躺在地板上，頭上有個洞不斷流血。

他感覺到一切都不會再與過去一樣。星期一他不會來上班，他們沒有人會來。他立刻想到了崔思。

「**詹米**。」

詹米接過手槍——還是熱的——然後看著愛咪快步走到大衛旁邊。他頭部周遭的藍灰色的地毯已經被血染成深紫色。大衛的嘴唇在顫動。

「我想他還活著。」愛咪說，「天啊，我不知道。」

「快撥九一一報案。」

妮可直線衝向會議室裡的電話，抓起話筒，放到耳邊。她臉上有著困惑的神情，她的食指敲著聽筒放置處的鬧鈕。

「沒有電話線暢通的訊號音。」

「他說封鎖可不是開玩笑的，對吧？」

「什麼？」

「我的手機在包包裡。」妮可說。

羅珊說：「我的在這裡。」她已經在撥號了，「等一下……」她更仔細看著手機螢幕，「沒有訊號？」

「大衛在今天早上八點半把手機停用了。」茉莉說，她的臉還埋在手裡。

「你一定是在開玩笑吧。」

「現在是封鎖階段，記得嗎？」

這就是我的手機今天早上沒辦法用的原因，詹米心想。

大衛‧墨菲的每一名員工都配發了公司的免費手機，隨便他們去用。大衛的唯一規則就是：早上七點到午夜之間必須保持開機，讓他萬一需要的時候可以找到他們。只要同意這件事，你就可以享受無限的通話時間，隨意打長途電話，什麼都可以。每一個直屬大衛管的員工都立刻撤銷了私人的門號，只用他們公司的手機。大衛甚至還付錢買了內建相機與文字傳輸功能的手機給他們。

但是門號被停用之後，這些功能都沒用了。

「為什麼他要停用門號？」

「我早該知道的……」茱莉幾乎要嚎啕大哭地說，「我早就已經看到跡象……」

「什麼跡象？」

大衛躺在地板上，愛咪在他旁邊：

「算了。我還感覺得到他的脈搏，但是他**現在**就需要救護車。」

「電梯的事也是他在開玩笑嗎？」

茱莉疲憊地說：「**不是**。」

「反正我還是去看看好了。」

「我們應該去辦公室確認一下，也許不是所有的電話都被斷話。」

「走樓梯。」

「大衛說樓梯裝了……」

「什麼？沙林毒氣？」妮可說，「你真的相信？」

「他沒開玩笑。他給我看過其中一組，還直接告訴我這是什麼東西。我認為他是想炫耀一下。」

「他拿給你看過？」妮可問道，「什麼時候？你知道這件事已經多久了？」

愛咪說：「我們得去找伊森。」

□

伊森感覺不太妙。

好，沒錯，也許他**剛剛**是有點尖叫過度了，但是那陣噴到他臉上的東西……就算是你也會害怕。在他的想像裡，那是從破裂管線噴出的超高溫蒸氣。這種致命的高溫蒸汽，在他的神經還來不及傳送疼痛訊號之前，他臉部的肉就被燙熟然後脫落。從此之後，他得躲在面具之後，或至少得用誇張的舞台劇化妝來遮掩燙傷。

在約兩秒之內，以上這些想法穿過他的心裡。他的手指探索著自己的臉。肉還在，雙眼也還在。

他的眼睛灼熱。

是很熱沒錯，但還不至於萎縮而掉出眼窩。

可是雙眼還是發燙，每過一秒就變得更嚴重。

他需要水。

他一定是被這棟大廈裡的濕氣給噴到，從市場街一九一九號興建以來，這種濕氣就開始四處流通——差不多是「黃昏」樂團剛開始走紅的一九七〇年代中期。從此這帶有各種細菌與病毒的濕氣，就持續讓大廈裡的人生病。伊森有個預感，在夏天結束之前，他的身體會一直不舒服。

伊森需要去廁所洗眼睛、洗臉、洗他灼燒得要命的雙眼。在走進大衛辦公室之前，他必須整理好儀容，讓他可以說，尖叫？我沒聽到什麼尖叫，並說得有說服力。

他拉著門把，門打不開。他又試了一次，還是不行，鎖住了。

慢著。

可惡。

就算是透過他模糊刺痛的視線，他也可以看到。

紙板已經滑出來了。

伊森拉了紙板一下，咒罵著，然後踢門。他眼部周遭的皮膚現在真的開始刺痛了。

「喂！」

再度踢門。

「喂！有人嗎！」

他正要再踢一次時——其實他的腳已經彎曲，準備好要踢出去，他聽到一個聲響。

砰！

一輛車的引擎逆火爆出聲音。

在這麼高的地方？三十六樓？

「**喂！**」

這太荒謬了。大家也許已經聚集在會議室裡，可能還關上門好發布公司營運的大祕密。可是他錯過了，被鎖在這扇門外，眼睛發燙，臉部發癢，情況比剛剛更惡化。他的喉嚨突然開始刺痛。

沒有人會聽到他的喊叫聲。

尤其是在他喉嚨突然封閉的時刻。

□

詹米喃喃說什麼他立刻回來，然後走向他的辦公室。

羅珊瞠目結舌地看著他走出去，彷彿在說：你現在要離開？

就在我們的老闆頭部中槍倒地的時刻？

詹米努力要先對接下來會發生的事先做準備。也許他一個月的育嬰假給了他不同的觀點，但是現在他擔心的不是大衛・墨菲。他擔心的是大衛**說過**的話。電梯被封閉，電話線被切斷。如果可以信任茉莉的話，手機被停話這件事也令人憂心。

詹米的辦公室離大衛的辦公室最遠，但離會議室最近。通常這個狀況讓他不舒服，但今天不會，他需要盡快進他的辦公室。

他需要有短暫的時間來思考。

詹米從來就不太喜歡集體決議。不管會議室裡正在發生什麼事，他都不是重要的一部分。他只是公司的媒體聯絡人——在公司雇用新人或是推出新金融產品時寫寫新聞稿的人。他不是負責雇用員工的人，也跟金融產品沒關係。他不是「派系」的一分子。他只是聽經理們的話，再轉譯成業界媒體可以理解的東西。他這個產業裡的專業刊物不多；一年前他開始來上班之前，曾為其數量之少而震驚。

但是在茉莉開槍打中大衛的腦袋之前，他說了什麼？

門面公司？

情報單位？

我的意思是……**這是什麼跟什麼？**

詹米坐在辦公桌後，看著軟木塞板上釘著一張賀卡。他幾乎已經忘了它。

一個月之前，在崔思出生那天，安瑞雅把這張卡片交給他。這是嬰兒給新手爹地的卡片，正面是一隻卡通鴨子——一隻穿著小男孩褲子的小公鴨，身後有煙火綻放，卡片正面上寫著：爹地，美國國慶日快樂。「你應該要慶幸孩子不是在植樹節出生。」安瑞雅曾這麼打趣說。但是詹米喜愛這張卡片到了荒謬的程度。**他的**寶寶就是這隻穿著小男孩褲子的小鴨，他第一次體會到這一點。孩子出生後幾天，他帶著這張卡片去上班，去收拾自己的旋轉名片架跟工作紀錄，準備要放一個月的育嬰假。無薪休假，但管他的，第一個孩子就出生這麼一次。

賀卡本來只是打算暫時釘在上面，在他處理繁瑣事務時，可以看著卡片露出微笑。他回覆最後一批電子郵件，設定休假時期電話語音回應，整理出一堆裝滿垃圾的檔案夾，他知道他至少一個月不會碰它們。雖然詹米後悔得想要踢自己一腳，但是為了取回卡片而跑去辦公室露臉並不值得。他一去就會迅速被捲進漩渦——再寫一篇新聞稿，拜託，再一篇……

詹米把手指放在賀卡上，想像順著那隻小公鴨頭上的羽毛，然後他把卡片放進褲子後面的口袋。

他非常需要打電話給安瑞雅，告訴她出了什麼事，並想辦法說服她不必擔心。

但是他辦公室的電話，就跟會議室的電話一樣都不通。詹米望出辦公室面向東方的窗戶。如果他伸長脖子，他幾乎可以看到他家那區的街角，越過春園街的遠方，安瑞雅跟寶寶就在過了街角的第二棟房子裡。

不管今天早上出了什麼事，詹米知道還要過很多很多小時，自己才能夠再見到自己的妻兒。光是警方的偵訊可能就會把他留在這裡——或是被暱稱為「圓屋」的費城警局總部——直到深夜才能離開。

他只希望有人會報警，所以警察才會來，然後才能盡快把這件事處理完。

他心想，看看我這個新手爸爸，才離家不到一個小時，就已經緊張成這樣。緊張的爸爸。

等一下。

1 四月最後一個星期五是美國植樹節。

詹米看到他的軟皮公事包放在辦公桌上。它還在裡面嗎？

它會完全扭轉情勢。

□

剩下來的員工們分散開來。如果他們有機會叫到救護車——為了史都華或大衛或兩人都需要，儘管史都華腦部不受損而活著的機率接近零——他們必須找到通往其他樓層的路。至少這一點是很清楚的。

妮可宣布他們會去檢查電梯，羅珊過了一秒才意識到所謂的**他們**也包括了她。詹米已經溜出會議室去找電話，或是坐在辦公桌後頭哭泣什麼的。伊森還是行蹤不明。過了一會兒，茉莉離開了，很可能是去廁所嘔吐。愛咪並不怪她，她才剛**目睹**老闆頭部中彈，所以感覺反胃。

當然，只剩下愛咪把會議室的門鎖起來，槍枝留在原地，讓警察來處理。

也只剩下她去確認消防梯門口。你知道，就是那兩扇據稱裝了化學神經毒氣的門。

有時候愛咪覺得，自己是這間公司裡唯一的成年人。

這棟大廈只有兩座消防梯，都只能從辦公室外面才能進入。三十六樓被切成兩塊辦公室，他們的公司以U型格局占了大部分樓層，剩下來的一小塊是一家叫《費城生活》的本地雜誌，報導購物、餐廳、派對等好康的資訊。愛咪自己也是訂閱戶——雖然她並不認識有誰可以消費得起每月雜誌裡報導的那些度假去處、服飾與珠寶。它是生活風格的色情刊物：你永遠也不可能得到這麼棒的東西。如果這會讓你好過一些的話，你可以對著雜誌頁面自慰。

她走在連接會議室與大衛辦公室的走道，走到一半時左轉，有一扇安全門直通一條短短的走廊，再度左轉，然後你就會凝視著北側消防梯的門。

愛咪現在就正凝視著這扇門。

凝視著它。

她應該去冒險嗎？

今天早上大衛告訴他們一些瘋狂的事情。現在她能證實的只有一項：柳橙汁和香檳裡含有某種毒藥，而且已經把可憐的史都華給殺了。為什麼大衛要謊稱什麼消防梯裡放了沙林毒氣？

因為這太蠢了。毒藥是一回事，裝設化學毒氣炸彈是另一回事。這棟大廈的保全滴水不漏，在消防梯門口裝炸彈不會被人注意到嗎？某人把紙袋裝著的午餐放在消防梯階梯上，穿著生化防護衣的國土安全部人員可能就會在二十分鐘內降臨現場。

如果這個想法很荒謬，為什麼她對開門還是很緊張？

愛咪，動手吧。

動手開門。

她把手放在冰冷的鐵門上，彷彿她可以一摸就感應到，**噢，沒錯，這扇門後顯然有個沙林毒氣炸彈。**

問題是，伊森知道這是什麼感覺。

以前他的喉嚨曾經封閉過，在世界的另外一個半球。

在來大衛的公司上班之前，他曾經待過軍隊，特種部隊，最近的駐紮地是阿富汗，二○○一年十一月，參與的任務代號是「我們認為賓拉登在這裡，所以我們要把你們炸回石器時代」。他跟他的屬下在坎達哈跟一些面目模糊的阿富汗軍閥搏鬥。一個軍閥剛好有一些蓖麻毒氣罐，某次衝突出了狀況，伊森跟他的同袍發現自己滾進一個中世紀時代的沙坑，而那個軍閥——某個名叫默罕莫德・古爾的混帳——他在沙坑邊緣遊走，把他珍貴的蓖麻毒氣罐丟進坑裡，格格發笑。

後來伊森讀到，蓖麻毒是用蓖麻子殘渣製造，變成霧狀的武器時，它會要求你的身體停止製造某些重要的蛋白質。

好吧，它其實不是**要求**，而是命令。結果，細胞會死亡，如果中毒者沒被治療，也會有同樣的下場。

當時伊森只知道他的喉嚨封閉了起來。

他中毒的狀況是最嚴重的，他可以發誓，那個叫默罕莫德・古爾的混球瞄準的目標就是他。幸運的是，伊森的同袍們殺出了沙坑，拖著伊森穿越沙漠尋求協助。但是某人低頭看到伊森狂亂地指著他的喉嚨，大家很快就明白他可能無法撐到醫療站帳棚。

氣管切開術是迅速但複雜的醫療程序。在緊急的情況下，你找到喉結，手往下滑直到摸到下一個凸起——環狀軟骨——然後找到這兩塊骨頭中間的小凹陷處。恭喜，你已經找到環甲狀膜，這裡就是你要切開的地方：水平切半吋寬半吋深的開口，擠壓兩側，讓開口像魚嘴一樣打開，然後插進管子。沒有管子？那就用吸管，或是原子筆的塑膠筆管（當然要把墨水筆芯拿掉）。

在坎達哈南方的沙漠裡，拯救伊森的人用一把折疊瑞士刀跟塑膠吸管，救了他的命。

但是在這裡，市場街一九一九號大廈的消防梯裡……

伊森應該是完了。

伊森痛苦地回想起遭遇默罕莫德•古爾的往事，他蹣跚往後退，也許只有幾秒鐘，他想像自己正努力緊靠著那個中世紀沙坑的邊緣。但其實那是水泥階梯，通往三十六與三十五樓之間的樓梯間。

伊森往後倒，滾下階梯。

每一階都讓他很痛。

但是不像喉嚨的痛楚那麼糟。

這感覺起來比蓖麻毒還糟。

他媽的才不是蓖麻子。

這是另外一種毒氣。

□

愛咪從門旁退開。她以為她聽到門的另一頭傳來某些聲音。跺腳？一群人？也許是保全？警察？祕密特勤幹員？以為他們已經死了，所以被派來清理屍體的人？

沒關係，可能會是幫手。

「哈囉？」

她在大力敲門之前緊急住手。也許有那麼**一丁點**可能性，這扇門真的被裝了炸彈；她並不想意外引爆任何炸彈。

「哈囉！你可以聽到我說話嗎？」

□

伊森立刻聽出是愛咪的聲音，她甜美的嗓音。他希望自己可以回答她。

她來找他還是讓他有點莫名的開心，他高興到甚至願意原諒她造成的法國馬丁尼事件。

哈囉！你可以聽到我說話嗎？

親愛的，我可以聽到。

我希望我可以叫你進來。但不行的原因有二，一是我的喉嚨被緊緊封住，二是我認為如果你走進這扇門，你的臉上也會被噴到同樣的化學毒氣。

伊森沒試著回應，而是翻找著他的包包，尋找一枝筆。

□

愛咪想要開門，但是擔憂讓她沒採取行動。就算是**一丁點**可能性還是有可能。她並不希望因為忽視警告而結束生命。提出警告的這個男人——幾分鐘之前還活著——曾經被她認為是她遇過最聰明的老闆。

但是萬一在門的另一邊有人可以幫忙怎麼辦？

如果是想幫忙的人就會應聲，不是嗎？

愛咪身後的辦公室內門打開了。

茱莉站在那裡，眼淚滑下臉龐。愛咪心想，看起來她好像最後並沒去洗手間。她一定是迷茫地在辦公室裡亂走。這是可理解的，你有多常開槍打爆你老闆的腦袋？

愛咪覺得茱莉很可憐，儘管她可能從一開始就參與了大衛的計畫。她自己說過：她早就知道電話線被切斷，他們的手機被停用。她甚至聲稱看過沙林毒氣的包裹。

但誰知道大衛對她做了什麼事？她一定是過於恐懼，除了聽命之外什麼都不敢做。

現在她的確看起來很害怕。

「你還好嗎？」愛咪問了句廢話。

茉莉搖頭。**不，我一點都不好。**

「過來吧。」愛咪張開了雙臂。

不管北側消防梯門後有什麼東西，只能等一下再處理了。

□

大衛・墨菲曾經中過槍。一次在西德，另一次在蘇丹。不過從來沒有腦部中彈過。這一次的槍傷感覺相當嚴重，光是跳彈效應就足以讓他想要翻身永眠，只要能夠停止痛楚就好——子彈震撼著他的顱骨，把餘震傳到其他部位的骨骼結構。他只是感覺……**不對勁**。

茉莉真是個厲害的槍手。

他永遠都想不到。

六個月前，大衛的上司們派她過來，他以為他是被訓斥了。大衛熱愛莎莎醬跟山葵，派來的女人卻是普通的香草優格。沒有特色的髮型，老鼠臉，沒什麼身材。你可以在她的胸部上熨平襯衫。大衛曾經跟前一任助理有一腿，就他上司的意見，這種行徑妨礙了工作。大衛並非忘記整個樓層到處裝著隱藏攝影機，他只是以為他的上司們不會在乎。

大衛錯了。他們給他看一些粗粒子的黑白照片，是在一個慵懶的週二下午拍攝到的火熱幽會情景。脫下的西裝褲盤在腳踝附近，裙子被撩起來，口紅花了，頭髮亂了。他的上司告訴他，這種行為對他這種地位的人是不得體的。上司告訴他，他喜歡的對象將會改派到杜拜的分站。隔天茉莉就來了。

有時候，大衛會想著前一任助理，想著杜拜。他們在沙漠中間蓋了一座假滑雪度假村。他心想她不知道有沒有機會去那裡享受一下。他曾經承諾過她要找時間一起去滑雪。

但是茉莉看起來並不像喜歡滑雪的樣子。

她看起來什麼都不怎麼喜歡。

他的長官們僱請員工的想法很奇怪。

在草創初期，大衛就加入了。他特殊的氣質混合著魅力與冷酷無情，讓他爬到這個剛成立不久的情報組織的上層，但還沒到可以決定人事的職位。招募人才的工作總是由其他人負責，這些人大衛從來沒碰過面。

大衛希望有朝一日可以遇到他們，讓他可以一巴掌把他們打到傻眼。

看看茉莉。好，姑且不論她嚴重抗命的行為，打爆了老闆的頭，她仍然是個麻煩人物。大衛的魅力對她毫無作用，她讓人感覺不到有幽默感。他不確定茉莉是真的愛她老公——某個名叫保羅、有啤酒肚的蠢貨——還是在搞女同性戀。大衛完全無法駕馭她。

噢，她是很服從命令，教科書上標準的支援人員。

但他卻不能玩她，隱隱讓他不痛快。

看看結果變成什麼樣子。

大衛凝視著天花板，心想自己的意識還能維持多久。也許這是他的想像，但他發誓他可以感覺到血液正從頭上的小洞汩汩流出。

但除了蔓延全身的麻痺感之外，他感覺莫名其妙的還算正常，彷彿他可以簡單地結束麻痺狀態而坐起來。不過這是**完全**不可能發生的事。

大衛的妄想還沒嚴重到這種程度。

□

愛咪把顫抖的茉莉帶進她的辦公室，關上門。她**現在**就需要讓茉莉冷靜下來，哪怕最後愛咪得打電話給大衛的上司們，並被要求面報整個事件的經過。任務是一回事，現在眼前的是一個驚魂未定的人。愛咪只知道，前一分鐘她共事了五年的老闆威脅要殺掉會議室裡的每個人，下一分鐘史都華跪倒在地，接著大衛才報到六個月的祕書開槍射他的頭。這一切實在難以承受。

她希望有人可以讓**她自己**也鎮定下來。

當唯一的成年人，當唯一的成年人。

「你還好嗎？」愛咪問道。「坐下來。我給你倒杯水。」

「我還好。」茉莉說。她繼續站著，但是緊張地環顧愛咪的辦公室，彷彿提防著野獸從辦公桌後面撲上來。

「茉莉，坐下。這裡沒有人會傷害你。」

「我知道、我知道。我還好，我發誓。」

愛咪希望茉莉趕快坐下來喝點水。她的辦公室很熱，總是很熱。窗戶面北，早晨的陽光似乎總是可以打敗大廈通風管噴出的冷氣。去幫茉莉用保麗龍杯裝點水，可以讓愛咪在涼快的廚房裡待一會兒，可以用紙巾擦擦自己的額頭跟脖子，更重要的是給她一點思考的時間。大衛已經走了——噢，想到大衛正躺在會議室裡，頭部中彈，就會覺得這真是個奇怪的委婉說法——在技術上，愛咪現在是負責人，而她完全不知道接下來該怎麼做。

組織的手冊並沒有涵蓋這種情況。

她迫切地想要去找伊森。儘管他的行為可能像個小學生，在危機時刻他的表現卻很傑出。每當她在辦公室裡瀕臨崩潰，她可以走到伊森的辦公室，關上門，坐進他藍色的懶人軟椅裡——荒謬地從大學時代一直留到現在的東西。伊森會問她出了什麼問題，不管答案為何，他都會宣布現在是「甜點時間」。有些人會在右手邊下面的抽屜裡藏瓶酒，伊森放的是美味蛋糕牌的甜食。伊森給她兩樣可以讓她鎮靜下來的東西：有耐性傾聽的耳朵，跟一塊有糖分、營養強化麵粉與部分氫化植物油的糕點。

但是現在沒時間去找伊森，因為茉莉不要喝水或是坐下。

愛咪說：「我們需要找方法呼叫支援。」

支援，也就是意指大衛上司們的委婉說詞。身為大衛的副手，愛咪有緊急時刻使用的電話號碼與密碼，例如大衛提前死亡的情況。支援會降落在這棟大廈樓頂，硬碟會被保護好，秩序將會恢復。但愛咪得先找到一具能用的電話。

可是茉莉似乎沒在聽愛咪說話，只是低頭用手遮面。

天啊，這對她來說並不容易。茉莉不是高階情報人員，雖然她在某種程度上知道他們在做什麼，可是並不知道這種遊戲可以有多危險。

愛咪一手放在她肩頭。

「你會沒事的。」愛咪說，儘管這是睜眼瞎話。這個女人從白色紙箱裡拿出手槍——也許甚至是瑞丁車站市場買的卡諾里蛋糕捲包裝盒——開槍打當了她六個月老闆的人頭。這絕對是**不妙的事情**。

茉莉的臉從她的掌間浮現。「愛咪？」

「是，甜心。」

「收拾你的過程將會是我最享受的一段。」

愛咪看著茉莉細緻的手緊握成小小的拳頭，然後擊中她的眼睛。

她蹣跚後退，在疼痛之前先感到困惑。**慢著，剛發生了什麼事？**

茉莉．路易斯剛剛用拳頭打她的……？

再一拳。

又一拳。

左勾拳，右直拳，經典的拳擊手連續攻擊。

愛咪的頭部因疼痛而嗡鳴，現在痛覺從皮膚散發進顱骨。她的屁股撞到辦公桌前面。她需要保持站姿，需要開始防衛自己，這一點是確定的。但現在是什麼狀況？愛咪抬起一隻手，但茉莉把它拍到一邊，一拳擊中愛咪的喉嚨。

愛咪開始呼吸困難。

她滑到辦公桌側邊，雙手護住喉嚨，彷彿用手就可以挽救受到的傷害。但是茉莉已經造成了某種傷害，非常糟的傷害。愛咪連叫都叫不出聲。

□

兩分鐘前，茉莉獨自在大衛的辦公室裡。大家都散開到辦公室的其他地點，去看看老闆的瘋話是否為真。他們想知道電梯會不會來、電話會不會通、手機能不能用。

以上問題的答案當然是不會。

是茉莉幫大衛讓這些東西失去功能。

一週前，大衛向她承諾：

「你要是幫我，我們兩個可以全身而退。將會有新的身分等著我們。」

稍後，茉莉找到那張備忘錄，被傳真過來的下手對象名單。

她的名字也在上面。

騙子。

所以她決定自己去談條件。

茉莉沿著走道進了大衛的辦公室。在面南的窗戶與實心橡木的書架相接的角落，有一台監視攝影機藏在木頭與隔間牆之後。它被安裝的位置，不只可以看遍整個辦公室，還可以看到大衛的電腦螢幕正面。大衛知道這件事，這是公司的政策。

茉莉抬頭看著監視攝影機，緊繃地對它露出微微一笑。她舉起左手，手心朝外。

她伸出了食指與中指。

這不是代表和平的手勢。

這是在宣布一件事。

早晨例行公事

管理只不過是激勵其他人。——前克萊斯勒汽車公司執行長李・艾科卡

三千五百哩之外……

……在蘇格蘭靠近海的地方，在愛丁堡一個被稱為波多貝羅的區域，有個紅髮男人穿著黑T恤與燙得筆挺的卡其褲走過街道。他提著藥房購物袋，裡面裝著面紙與「夜間護士」助眠藥。一整個早上他都感覺很不舒服，也許先吃些藥可以減輕症狀。夏天得感冒是最糟的。

今年夏天也是最糟的。對愛丁堡來說，這是嚇死人的高溫。天空下著炎熱油膩的小雨，對降溫沒什麼幫助。他心想，待會兒回到公寓，他的T恤會吸滿海風的水氣與汗水，他得換件衣服。他只帶了小小的手提行李箱，裡面只有必需品；他不像他的監視行動伙伴麥考伊帶了成堆的T恤。他打包行李的樣子，彷彿世界末日就要來臨。

這個紅髮男人自稱基恩，他快走到路底的時候，撞上了一名蹓狗的男人。那條狗好小一隻，只有三條腿。主人有兩條腿，就算還有點肌肉，看起來還是很瘦弱。

「老兄，抱歉。」基恩說。

那人只是對他微笑，以並不特別友善的方式。

基恩讓路給他，然後看著三條腿的小狗跟著主人又叫又跳。在細雨中用三條腿走上坡得花不少力氣。

到了樓上，基恩擁抱他的伴侶。他的嘴唇摩擦過伴侶臉頰上的鬍渣，他可以聞到醉人的鬍後水味。然後基恩告訴他那條狗的事。

「我看過那條狗。」麥考伊說。他是美國人。他幾乎沒轉頭面對基恩，而是專注地盯著一排電腦螢幕：一台桌上型與三台筆記型電腦。「牠讓我覺得很恐怖。」

「我要泡些茶。」基恩說，「你想來一杯嗎？」

喝點茶、服用「夜間護士」，可能會讓他熬過今天下午。在接下來的幾個小時，基恩打算要請麥考伊接手。基恩幾乎整個早上都在看螢幕，他感覺眼睛裡有砂粒在飄。

「茶不用了，但可以幫我拿瓶嘉利啤酒。」

「沒問題。」

麥考伊是個酒鬼。

「我有錯過什麼事嗎？」基恩問。

「你錯過了**所有事**。」

「什麼意思？至少在六小時內，杜拜那邊應該不會發生任何事。」

「不對，不是那裡，而是在美國。記得嗎？那件費城的事？」

「女朋友。」

「對。」

「現在那裡幾點？」

「九點半。目前我們的女朋友正在做她說過的事。你真應該目睹墨菲臉上的表情，晚一點我幫你重播一次。」

「好啊。」基恩說。不用了，謝謝你喔。

在約三十分鐘之前，女朋友還只是某個低階的幹員，幾天前她曾與麥考伊聯絡，提出了一個有趣的提議：給我一個機會向你們展現我的才能。她竟能知道要如何找到麥考伊，令他印象深刻，足以讓他把她的提議往上級呈報，並獲得許可去執行此案。

女朋友想要升職，她想要展現她有多值得被拔擢。

她的論調是，反正辦公室裡的職員死定了。

為什麼不讓她試試看？

麥考伊告訴女朋友說：你讓我們印象深刻，我們給你這個出路與一份新工作。如果你做不到的話……那只能說很高興有機會跟你面談。

女朋友接受了。

雖然基恩比較關心杜拜的狀況，而夏季感冒似乎已經在他的腦袋裡生根，同一時間內分心去管超過一項任務絕不是好主意。交替控管數件事一定會導致錯誤。

但是這個理由並不能阻止麥考伊，他愛上了這件費城的事，所以基恩得假裝自己也很喜歡，這樣日子比較好過。

基恩把茶壺放上爐子，從櫥櫃裡拿下一個綠色陶杯。慢著，還有麥考伊的啤酒。他打開冰箱，從最下層抓了一瓶。對於冰箱裡儲存的食物，麥考伊每週就只貢獻啤酒。除了啤酒之外，他只吃外帶食物，通常是泰國菜或印度菜。

基恩把那瓶嘉利啤酒遞給伴侶，他正開心地看著其中一面螢幕。

「你來看看這個。」麥考伊說。

螢幕上，女朋友正比出和平的V手勢——如果問基恩的話，她看起來長得有點像老鼠。

「第二號死者馬上就要出現。」麥考伊打開啤酒瓶蓋，開始用大拇指翻著一疊文件，「她的風格真是討人喜歡。」

「嗯。」基恩說，「所以墨菲是第一號？」

「對。」

「再提醒我一次，這個費城辦公室的業務是？」

「以金融手段破壞恐怖分子網絡，或是諸如此類的事。一堆怪胎用電腦抹除已知恐怖分子組織的銀行帳號。我本身對這個不熟，我只是負責人力資源管理。」

「噢，這就是你的工作嗎？」

「噓，她正在移動。」

他們看著女朋友任由自己被帶進另一間辦公室。麥考伊上身前傾，按了些按鍵。另一條光纖訊號在第二面螢幕上找到她。他們看著另一個女人——一個外表清爽、眼神明亮的美國人，頭髮及肩——正嘗試要安慰女朋友。

然後他們看著女朋友開始無情地毆打那女人。

「呃。」基恩說。

「噢，她**很厲害**。」

□

愛咪無法尖叫，但這不代表她要放棄。她假裝往後昏倒，同時轉身讓自己從另一邊面對自己的辦公桌。那裡有個橘黑的「費城市日報」的馬克杯，裡面裝滿了奇異筆、原子筆，還有一把黑色握柄的義大利製鋼剪。

在她身後，茱莉正在關門。應該是為了保持隱密性。

讓她可以平和安靜地殺了愛咪。

愛咪的手指包住冰冷的鋼剪，往茱莉背後衝過去。茱莉往後一退，鋼剪擦過她的襯衫，稍微撕破了布料。茱莉臉上浮現驕傲的笑容。愛咪一聲低吼——她只能發出這種聲音——再度往前衝，但是茱莉往旁邊一閃而過，愛咪完全猜錯她會閃躲的方向。要再往前衝已經太遲了。茱莉踢中愛咪的胸口，讓她仰倒在辦公桌上，她的滾輪式辦公椅暫時把她撐住，但是它一滑開，愛咪就摔到地板上。

跑啊，愛咪心想，快逃。

重新組織攻勢。

她把手掌壓在窗戶上做支撐，急忙站起來。

整片玻璃脫出窗框。

玻璃飛離掌心時，她倒抽了一口氣。

往下。

往下。

再往下。

這片玻璃摔下三十六層樓，翻滾、滑行又翻滾，然後在市場街一九一九號大廈後方的小街上摔個粉碎。

□

麥考伊微笑，「哈，我沒看到她做這個，不知道她是什麼時候弄的。」

基恩皺眉，「這樣不是作弊嗎？」

「不算、不算。她告訴過我們，她會先花些時間做準備工作，就像在普通的任務裡一樣。沒有什麼特殊的東西。」

「我覺得這有作弊的嫌疑。」基恩啜了口茶，讓喉嚨舒服一點，一股暖流——很棒的暖流——湧上他的鼻竇。可是熱茶對腦袋裡的鼓脹感卻沒有幫助。

「不對，她**很厲害**。她的下手對象完全被震懾了。那女人完全沒想到窗戶會飛出去。」

他們看著螢幕。基恩啜飲著伯爵茶。

「噢……**等一下！**」

「什麼？」

「現在我懂了，為什麼她會把那些員工績效報告寄給我。」

基恩又啜了口茶。他不打算整個下午坐在這裡問：這是什麼意思？

這是麥考伊真的令人討厭的地方之一。他喜歡拖延一切事情；他不會直接把事情講出來，而是說一些神祕的話，故意要你去問「什麼？」、「告訴我！」或「噢，真的嗎？」。麥考伊可以去玩弄其他笨蛋，但他若不告訴基恩他心裡想什麼，基恩絕不會追問。

這一次基恩沒沉默多久，就誘使麥考伊繼續說下去。

「幾天前，她寄了一堆文件給我，就是她提議下手的那些對象的履歷表跟員工績效報告。你知道，老闆會用這玩意兒來告訴你，你是否表現很差勁，或是你會不會獲得加薪。」

基恩沒說什麼，但是他心裡有個小小的聲音催促著：說下去，繼續說下去。

「我還是搞不懂為什麼她寄給我這些資料。我是說，我們的檔案裡已經有每個人的資料等等。對我們來說，這些是我們不需要的垃圾。」

對、對、對。嗯，這茶好喝。

麥考伊聽到他敷衍的回應。「喂，你有沒有在聽？」

「當然有，親愛的。」

「算了，就在那片玻璃摔出去的時候，我終於恍然大悟。」

「什麼？」

基恩無聲地咒罵自己。

「她是在利用每個人各自的弱點。」麥考伊說，「大衛・墨菲會在員工評估時搞一些細膩的心理戰——他以前就是幹這一行，心理戰——把心理戰藏進員工評估裡。女朋友也學會了這一招，她是在向我們炫耀她的能力。」

基恩啜口茶，然後說：

「有些人為了求職什麼都做得出來。」

□

愛咪動彈不得，這一切已經超出她能理解的範圍。玻璃窗不見了。這片玻璃不僅為她阻擋費城捉摸不定的四季——下雪、濕氣、颳風、下雨——也隔絕了她最黑暗的衝動。

幾年前，大衛問愛咪她最害怕的是什麼時，她向大衛解釋過這件事。她誠實地回答：失去理智三秒鐘。

大衛把手指排成帳棚狀，抬起眉毛。

「你想解釋一下嗎？」

愛咪當時的說法如下：我在打開的窗戶旁會失去理智三秒鐘，因為有一部分的我可能會覺得跳窗是個好主意，只是想看看會發生什麼事。如果愛咪真的恍神了，她知道她幾乎會立刻恢復理智，雖然已經來不及阻止自己跳窗，但是在以每秒九點八公尺的重力加速度往下墜的同時，她還有充裕的時間可以意識到自己的錯誤——在撞上水泥地面之前還有充裕的時間可以恐懼地尖叫。

「有意思。」大衛當時說。

現在她正看著它，一扇打開的窗戶，離地三十六層樓高。

愛咪會失去神智嗎？

她會恍神三秒，還是更久？

然後就在關鍵一刻，就在她以為她真的可能跳下去的那一瞬間……

手指。

抓住了愛咪襯衫後面，把她拉離窗戶。感謝神。一隻手伸進她長褲的腰帶抓緊，引導她往後退。她走到辦公室的安全地帶，遠離窗戶。

「噢，天啊。」她悄聲說，儘管她的聲音小到幾乎聽不見，而救她的人也是幾秒前曾殘暴攻擊她的人。謝謝你。

「不客氣。」茉莉說。

愛咪感覺到某件物品扯著她的腰，是她的皮帶。

皮帶從褲腰滑出來。

然後她感覺有東西纏在她的腳踝上。

□

茉莉慢慢把愛咪往後拉，等到她抓緊了愛咪，有了足夠的空間，然後時機就到了。

她抬頭看著愛咪辦公室的角落，攝影機就藏在那裡。

眨眨眼。

她把愛咪拋出敞開的窗戶。

距離人行道有三十六層樓高。

在最後一秒鐘——噢，她真希望辦公室裡的光纖監視攝影機有拍到這一幕，她無懈可擊的時機掌握、反應速度與力量……

在最後、最後的一秒鐘，她抓住皮帶的一端。她抓緊皮帶，把身體縮成一團，讓身體卡緊辦公室矮牆邊的金屬暖房散熱器。如果愛咪的重量也把茉莉拉出窗外，一切就完了。

但是茉莉沒被拉出去，她牢牢抓著皮帶。

□

麥考伊眼睛緊盯著筆記型電腦螢幕說：

「哇。」

□

在那一瞬間，愛咪知道她已經失去神智了，瘋到想像著某人真的把她從三十六樓的敞開窗戶丟出去。誰會做這種事？顯然她已經瘋了。

永遠無法恢復神智。

這並不像她所想像的那樣。

在她所有的夢境中，像這樣從高處墜落是夢魘，但只是幾秒鐘的夢魘。急速流動的空氣、動態的模糊……這是言語無法形容的恐怖。但夢魘總會結束，當她一摔到地面，她就會驚醒。

這一次不同。在真實人生中，墜地而死的感覺像永恆。

她感覺她會

永遠地

墜落。

□

雖然茉莉想看，但是她並沒有這麼做。她用那把剪刀把皮帶固定在暖房散熱器的鐵條上；只要愛咪不亂動，皮帶應該還可以撐一點時間。

從敞開的窗戶探頭出去看也不是專業風範。最好是漠不關心的樣子，彷彿在說：**我不需要去看**。愛咪．費爾頓一飛出窗戶，懸在半空中動彈不得並癱瘓的那一刻起，就要進行下一個任務了。畢竟她正在被人觀察。

茱莉當然很好奇。愛咪臉上的表情讓茱莉心想，她的算計是否正確。但她更在乎的是特別觀眾的想法。

要看以後還有很多時間。

看重播畫面。

Jamie DeBroux

詹米・迪布魯

~~*Amy Felton*~~

~~愛咪・費爾頓~~

Ethan Goins

伊森・勾隱斯

Roxanne Kurtwood

羅珊・寇特伍

Molly Lewis

茉莉・路易斯

~~*Stuart McCrane*~~

~~史都華・麥克蘭~~

Nichole Wise

妮可・懷斯

在走道盡頭，詹米凝視著他的雙向傳輸摩托羅拉傳訊機。它已經在皮製公事包的正面口袋裡躺了超過一個月。就他所知，詹米從來沒把它關機。

在七月四日國慶日之前，他收到安瑞雅發出最後一則訊息：

孩子的爹，現在回家 :)

那時安瑞雅的羊水剛破。她正在把牛排從冷凍庫裡拉出來，希望能夠來得及讓肉解凍，好在國慶日前夕烤肉。打從懷孕開始她就很想吃肉——更準確地說，是又大又肥的丁骨牛排——可惡，她本來可以大啖牛排，直到嬰兒出生為止。

然後詹米趕到家，帶著安瑞雅跟他一週前就收拾好的緊急生產必需用品，謹慎地飆車到賓州醫院，結果牛排就在流理檯上放了一天半。當詹米再度回家，因快樂與疲勞而極度亢奮，迎面而來的就是腐爛的牛肉氣味。爹地，歡迎回家。

傳訊機是安瑞雅的點子，因為不能任意聯絡老公讓她很挫折——詹米無時不刻把傳訊機放在公事包裡，幾乎聽不到這玩意兒的聲響——她要丈夫花錢去買摩托羅拉傳訊機。他找到一對特價的同款T900雙向傳訊機，要價不到一百美元。傳訊機是用三號電池，在安瑞雅懷孕的最後一個月，她**建議**丈夫隨身攜帶它。她的建議方式，就像是裁判向打者建議**你出局了**。

詹米的傳訊機顏色是皇家藍，安瑞雅的是熱情粉紅。這完全不符合安瑞雅的性格，但懷孕對這個女人產生了奇怪的影響。

所以現在詹米凝視著他的T900，心想它還有沒有電。他按下電源按鈕，但運氣不佳。也許在牛排退冰熟爛的時候，這玩意兒就已經把最後的電力消耗完了。

但這沒關係。他只需要一顆三號電池，然後他就可以發簡訊給警察或救護車什麼的。是警察嗎？我的老闆頭部中彈，你們可以派人過來嗎？讓他可以盡快離開這層樓。

他們會把電池放在辦公室的哪裡？

這種事去找愛咪・費爾頓準沒錯。

□

茉莉正要開門時，有人在門上敲了一下，又輕叩了兩聲。她暫停動作，把手放在牢固的銀色門把上。她把門拉開一吋，然後按下鎖門鈕。接著她開了門，迅速把身體塞進門與門框之間的空隙。不管外面是誰，都會注意到一片玻璃窗不見了，還有掛在窗台上的皮帶。黏膩的八月空氣已經大量灌進愛咪的辦公室。

茉莉撞上詹米，他緊張地往後退了一步。他看起來被嚇到了。

「詹米。」

「天啊，你還好嗎？愛咪在裡面嗎？」

「不在，她要我在她去找救兵的時候，把她辦公室的門鎖上。」

「找救兵？去哪找？」

「跟我來。」

茉莉衝向走道的另一頭，讓詹米沒有機會拒絕她。他跟著她，完全與她所預期的相同。他迷戀著她。

她想起幾個月之前的那一夜，員工們去外面喝酒。詹米也加入他們，完全不符合他的個性。他們聊天、調情。他提議要陪她走到她的車子。他想要說晚安，她微微後退，卻更把他吸引向前。他的氣息有啤酒味，他的鈕釦襯衫有一千根香菸的臭味。要她抗拒進一步的發展很困難，但她辦到了，時機還未成熟。

但是現在……

當她經過走道上其中一架監視攝影機前面時，茉莉把雙手舉到胸前，一手比出五根手指，另一手比兩根。

□

「你看看。」麥考伊說，他坐在三千五百哩外的筆記型電腦前面，「第七號。她沒有依照數字順序來。為什麼要這麼做？」

「噢，我不知道。也許是因為在女朋友把同事掛在窗外沒多久，這傢伙就來敲門。」

「對，我知道這件事。但像女朋友這種人可以輕易料理這男的。你看他，分明是個軟腳蝦。我手邊有他的檔案。她是要把他留到最後，就像甜點一樣。」
「為什麼？」
「你永遠要先解決最難纏的目標。女朋友認為第一個女人──姓費爾頓那個──是她最值得敬畏的下手對象。雖然她有懼高症。」
基恩啜了口茶。他很快又將去倒另一杯。「我一直在想這件事。這對我來說似乎是很草率的一步棋，把玻璃窗摔在底下的街道上，根本無法知道它可能壓到什麼。也許現在就有六個學童正在那裡流血致死。」
「不太可能。那排窗戶面對北方，下面除了一條主要讓貨車通行的小路之外，什麼都沒有。女朋友已經都先考慮好了。」
「好，玻璃這件事我就讓你。但是下手的目標呢？當然會有人注意到有個女人掛在窗外，不管那條街有多小。」
麥考伊微笑說：「這也是不可能的。這裡是費城。你有去過嗎？我去過，那裡的謀殺率居高不下。而且今天陽光很強，玻璃反光得很厲害。」
「你講話認真點。」
「認真地談？我認為這是女朋友在炫耀自己。這是極度大膽的舉動，因為你無法隱藏這種東西太久。某個人將會抬頭看到那女人，也許是一分鐘之後，也許是一小時之後。但你可以確定的是，總會有人看見她然後開始感到恐慌，於是事情就爆開了。現在女朋友是在跟時間賽跑。」

□

他名叫文森・馬利拉……

……他正在讀一本平裝驚悚小說。他在換書區找到這本書，某人把它跟一些其他書籍擺在桌上。換書區的用意是讓市場街一九一九號大樓的員工們可以把舊書帶來交換。當然只有發起人把書帶來，後繼無人。文森猜測保全人員裡肯讀書的人不多。

其實這本書還不壞。書名叫《中心突襲》，關於一個品味高尚但強悍的竊盜集團，試圖在世貿中心倒塌的四十八小時之內，掠奪藏在廢墟下面金庫裡的黃金。文森知道這根本是天方夜譚。封面上還有紅色爆炸狀標示，保證這本書是「基於真實事件改編」。是真的才怪。

閱讀這種書讓他既興奮又緊張。興奮是因為書裡其中一個主角是……先猜猜看……世貿中心的保全，他恰巧打過波灣戰爭，在沙漠中，一個瘋狂的伊拉克將軍把他全排弟兄俘虜了，他單槍匹馬就把他們全救出來。

令人緊張是因為……文森也是個保全，工作地點是一個美國主要城市的三十七層樓摩天大廈。

他沒打過波灣戰爭──他在戰爭之間成長，打越戰時太小，打波灣戰爭時太老。他也從來沒被人俘虜過。

但他仍然見過一些動作場面，其實就在沒多久以前。

文森正讀到主角回憶的段落，關於他在伊拉克戰俘營裡受到殘酷刑求，這時有個衣衫不整的男人穿著破爛的T恤走進旋轉門。他是個白人，黑色T恤上印著仿切利歐牌麥片的紙盒，盒子上有個粗壯的女人——嘴唇、屁股跟胸部都特大——這並不是麥片製造商通用磨坊公司典型的吉祥物。

文森嘆氣。

這人是泰利爾．喬，本社區友善的毒蟲。

有趣的是，這個社區——如果你可以把這片公司大樓峽谷稱為「社區」的話——竟然也有吸食快克的人。市中心西區警網密布，為了商業人士而整頓清理得既乾淨又漂亮，跟四十年前的模樣完全不同。當年此區一邊充滿壞朽的商店門面跟色情電影院，另一邊是被稱作「中國長城」的廣大險惡區域。演員凱文．貝肯的父親當時是費城的都市規劃者，他決定要拆掉中國長城——多條通往城外的鐵路——把這裡變成公司的遊樂場。到了一九八〇年代，貝肯的夢想已經完全實現了。水泥、玻璃、鋼鐵與高樓成為今日的秩序。如果你想要看一九六〇年代的市場街是什麼模樣，你得冒險往北開車過二十二街，但是那片區域也在快速消失中，因為公寓建築不斷冒出來，儘管根本沒有人來買。

像泰利爾．喬這些吸毒的傢伙，應該會樂於回到六〇年代，只要那時候有快克可買。當然，回到那年代他們只會被稱為嬉皮。

文森不知道泰利爾・喬晚上在哪裡過夜，不可能是麗登浩斯廣場公園——儘管泰利爾・喬是白人，那裡還是太高級了。可能是在北邊春天花園的角落。

他想過要問泰利爾・喬在哪兒過夜，但決定不要自找麻煩，光是要把他攆出大廈就已經夠困難了。

「馬利拉先生，」他說，「你有嚴重的麻煩。」

「每天都有。」文森喃喃地說。

「啊？」

「泰利爾・喬，我能為你如何效勞？」

「你得去看一下大樓後面。」

「是嗎。」

「你最好快去，不然就要被開除了。」

泰利爾・喬的皮膚上有斷裂靜脈組成的蜘蛛網，牙齒就像短程飛彈轟炸後墓園裡的墓碑。他的體臭就像海嘯，淹沒無數無辜的鼻孔。簡言之，泰利爾・喬是個完全的廢人。

通常文森處理泰利爾・喬的守則是，盡快且盡量有人性地把他趕出大廈，以免他打擾了納稅人。他現在並沒有理由改變他的守則，儘管外面濕熱得跟沼澤一樣。

「帶我去看。」他說。

市場街一九一九號大廈有兩個入口，主要入口面對市場街，過了馬路就是費城金融力量的象徵：證券交易所。這地方自以為很重要，在九一一事件之後，它舔著嘴唇以為華爾街會南遷一百哩到這裡。會南遷才有鬼咧。

另一個入口面對二十街，過了街是另外一棟企業大樓。泰利爾・喬帶他從二十街那邊走出來。

「怎麼回事？」

「等一下你就知道了。」

好啊，我就等著瞧。

毒蟲領著警衛繞到大廈與後面的公寓大樓之間的小巷。這條巷子小到沒有名字——只有十呎寬。也許這裡從前是條真正的街道，但當然不是四十年前，因為當時盤踞在這裡的是中國長城。不管以前曾經存在過什麼街道，多年來的鋪路、再鋪路、破壞與建設已經完全磨滅了它們。我們在這一課學到的教訓是：如果不小心的話，你的名字就會被奪走。

「你看那個。」

文森看到毒蟲在擔心什麼東西。無名巷道的黑色柏油上有碎裂的玻璃。

這是從哪裡來的？

文森抬起頭，儘管他知道這是很蠢的姿勢，難道三十七層樓當中會有一片玻璃不見了嗎？

「你看到玻璃砸下來？」

「看到？」泰利爾・喬說，「這玩意兒**掉下來**時差點把我的頭給砍了。」

「大概從多高的地方？」他眯著眼，今天早晨的陽光非常猛烈。

「**很**高的地方。」

「是嗎？」

「是啊。」

他瞇著眼又看了一會兒——陽光很亮，在白色大廈的頂端閃耀著——然後轉頭看另一邊的公寓大樓。這片玻璃非常有可能是從那邊掉下來的。

可是他還是得確認一下。

這就表示他得一層一層樓地檢查大廈。

謝了，泰利爾・喬。

「想來根菸嗎？」毒蟲問道。

「那玩意兒會害死你。」

「難道我會想要長生不老？」

他的星期六被一個毒蟲給毀了，就像平常一樣。但是讓他不爽的地方是，他至少得花一個小時的時間才能完成檢查，然後才可以繼續看《中心突襲》。他想要知道刑求的結果會是如何。

□

三十六樓高的地方，伊森•勾隱斯癱在一片水泥板上，一根原子筆管從他的喉嚨突出來。

他透過筆管呼吸，非常感謝它。千萬別誤會他。

原子筆太棒了。

他**好愛**原子筆。

但是：**他正在透過原子筆管呼吸**。就算是永遠的樂觀主義者，也得承認伊森的人生將在十五分鐘之內急遽走向盡頭。

伊森曾經聽到愛咪的聲音，他也確認了自己在這個該死的消防梯上還有救。決定已經很明朗了，他需要切開自己的喉嚨。

而他也只知道一種方法。

沒錯，他的想像力可能被伊拉克的經驗給侷限了。也許這段經驗讓更簡單的解決方法無法在他的腦海中出現。某個快速又簡單的切開喉嚨方法，讓空氣可以進入他的肺部、血液、肌肉與大腦。

就算有比較簡單的方法，他也沒能想到，這得怪他缺氧的大腦。

把筆插進喉嚨。

伊森迅速行動，並沒有太多時間思考。他從公事包裡拿出原子筆，拉出筆芯，把他黑色

T恤的衣領拉低以免擋住，然後開始摸找喉結，摸到環狀軟骨，再找到環甲狀膜，賓果。

動手，伊森，快點動手。

他希望手邊有任何刀鋒可以用來切開喉嚨，他努力地希望著，但是他知道自己的袋子裡裝了什麼，裡面連類似刀子的東西都沒有。也許可以用他的車鑰匙，但是等到他用鑰匙鋸開一道口子，也許已經太遲了。

伊森的眼前出現黑點。已經拖太久了，他知道他的目標在哪：脖子上的肌肉凹陷處。

他知道這不能重來，沒有第二次機會。

他必須強力明快地出擊。

首先他得把筆管的一端在樓梯間水泥地板上弄碎。一支平坦的筆管除了讓喉嚨很痛之外，沒有其他功用。

伊森用力把筆管壓在地上，塑膠就像他所希望地碎裂了。

好了。

是漂亮的鋸齒狀。

準備好了。

他想像自己透過筆管吸著空氣，甜美、清涼、滋養的空氣。只要小小一刺，就可盡情地享用空氣——

動手！

這已經是十五分鐘前的事了。

伊森還活著，並透過插在脖子上的筆管，呼吸著甜美、滋養的空氣。

一開始的痛楚相當令人震撼。也許他叫不出聲音是件好事，但是伊森的神經系統卻受到嚴重的衝擊，他迅速進入了接近緊張症發作的狀態，很可能是他的身體保護自己的方法。身體的右手並不是每天都會決定做這種蠢事，拿出原子筆、拉出筆芯、然後把筆管插進喉部。如果伊森的身體是聯合國，那他的右手就是不穩定的恐怖主義國家，在無預警的狀況下就突襲鄰國。右手可以儘管說戳刺是為了喉嚨好——**祕書長，喉嚨被封住了，我必須毀掉它才能救它**——但是對身體其他的部位來說，這是無法被理解的侵略行為。身體採取禁運措施，譴責這種暴力行徑。身體決定要停工。

一陣子。

現在伊森躺在樓梯間的水泥地上，重新恢復各種感官，思考著他的下一步。

打電話找人援救：幾乎不可能。

爬上樓梯打開三十六樓的門：嗯，這個嘛，他今天早餐吃的化學毒氣已經夠多，不用了謝謝。伊森可以碰碰運氣，找出方法來拆除炸彈，在最後一秒鐘發現他搞錯了，然後接下來十秒鐘得倉皇找一支帶叉湯匙挖出自己的眼睛，以免毒劑滲透進他的大腦。不必了，謝謝。

他甚至不確定這是什麼化學物質，味道不像蓖麻毒氣。

所以只剩下：走下三十六層樓階梯。

你要下去嗎？

伊森下去了。

下去大廳，**下去**找警衛，他得把這件事寫下來，除非比手畫腳猜謎會溝通得比較快。他覺得過去三十分鐘所發生的事件，用一些簡單的手勢很難傳達出來。

你怎麼用美國手語比出化學神經毒氣？

伊森告訴自己，稍後再擔心溝通問題，專注在爬下消防梯這件事上，一次走半層樓梯。他喉嚨插著的筆管上下擺動，彷彿是喉癌患者正在指揮交響樂團。

下去、下去、下去、下去。

除了其他的理由之外，這就是為什麼伊森痛恨週六上班的原因。

□

走道上，茉莉帶著詹米經過會議室，轉進另一條短走道，走進門面大廳。

這個空間有一張深色橡木大辦公桌，墨菲—諾克斯與合夥人公司識別標誌的銅板裝在牆上。詹米從來沒有走進過這個大廳，其實他並沒有理由走這裡。側面入口直接通往離他辦公室最近的走道。

「你說愛咪在這裡？」

茱莉沒說話，繼續往前走。

這並不讓詹米訝異。茱莉總是很古怪，她在社交上的怪異之處其實讓他很自在。不管詹米是在什麼會議碰到茱莉，他總是可以期待她犯下某些奇怪的緊張錯誤，或是她拒絕看除了大衛之外其他員工的眼睛。這樣很好，因為她讓詹米看起來就沒那麼怪了。也許這就是為什麼他們能夠相處愉快的原因，他們是企業內無法融入主流的兩名牢友。

「聽著，茱莉。」詹米說，「我們只需要一個三號電池，就有救了。愛咪怎麼想都無所謂。」

詹米不知道為什麼愛咪會出現在這條走道的盡頭，這並不合理。樓層的這個部分充斥著空辦公室與隔間，這是公司黃金時期的遺跡。或者這只是大衛的說法。公司在網路泡沫時期非常旺，只是在千禧年之後的企業縮編風潮中沒落了。現在會用辦公室這一塊的人，只有偶爾會來的稽核員，還有建築檢查員，他們堅持要把這裡依照職業安全衛生署的要求進行更新，儘管這個區塊根本沒人使用。

茱莉無預警地停步，左轉，打開一扇門，帶詹米進去，把門關上。

然後她做了件最奇怪的事情。

茱莉望進他的雙眼，帶著柔和、近乎愛慕的表情。這不是跟性有關的表情——不是「**來吧，猛男，讓我給你舒服一下**」，比較像是「**我的好朋友，過來這裡，讓我擁抱你一下**」。

這讓他想起幾個月前的那一夜，那個漫長又酒醉的夜晚之後……

「呃，茉莉？」詹米問道，「為什麼要進來這裡？」

但是茉莉沒有回應。她伸出手，又小又蒼白的手，手指又細又修長。她的氣息很好聞，有薄荷的味道。

在詹米知道自己在幹什麼之前，他伸出手握著她的手，彷彿要跟她握手。

他感覺到她的手指滑進他皮膚裡，茉莉的手指在他的手指上跳舞，尋覓著。她緊掐住一個地方，然後——

詹米跪倒在地，痛叫出聲。

他的大拇指跟中指感覺像著火一樣。

她在幹什麼？

噢，神啊。

她施加更大的壓力，讓他更痛苦，無處可逃。

住手，噢，天啊，請你住手。

詹米也許以為自己已經大聲說出這句話。

□

基恩給自己又倒了杯茶。

他聽到麥考伊在另一個房間裡說：

「真是太好看了！」

麥考伊又在看那些費城的人。

他們應該專注在杜拜的狀況上。

基恩跟麥考伊共享工作空間，也經常在任務上合作。但是這件費城的事都是麥考伊在做。身為「從事人力資源工作的人」——這是他的說法，不是基恩的話——他喜歡跟新人扯上關係，在大組織裡建立起他自己的小網絡。「他的」人馬遍布在組織的不同單位裡，讓他的權力急速擴大。

基恩跟麥考伊一開始就是這麼搭配在一塊。他們各在聖地牙哥與愛丁堡兩地互通了一系列電子郵件，拐彎抹角地互相暗示，他們都沒直說工作內容，但彼此可以感覺得到是什麼。

過了幾個月之後，他們意外在休士頓相遇，結果對他們兩人都有好處。在芝加哥然後紐約市的類似冒險，也都獲得成功。所以當一系列需要特別關注的任務出現時，麥考伊向他的上司們推薦了基恩，價值高達數萬美元的設備就被搬進了波多貝羅的一間公寓。

基恩的看法是，杜拜的事才是主要任務，目前它還在嬰兒期，需要小心呵護。

費城那邊跟娛樂差不多，但麥考伊非常注意那邊的事。

「過來看這個。來看看女朋友正在幹什麼。」

「好啊。」

如果基恩不從命，麥考伊只會繼續煩他。

可能還會把他扯進去。

關心這件事對他也許會有好處。如果麥考伊可以被信任的話，他們在近期內就會跟女朋友合作。

□

痛楚強烈到讓詹米發現自己脫離了周遭環境。他察覺到茉莉移動至他的身後，把新一波劇痛送進他的手臂與大腦的疼痛中心。詹米整隻手感覺像是一塊厚橡膠，充滿著疼痛感，可以依照施暴者所希望的方式任意扭曲。

折磨他的人——他的朋友茉莉。

他的辦公室配偶。

突然間，他被舉了起來。詹米驚訝地發現他的雙腿還可以支撐他一部分的重量。

茉莉站在他背後。他可以感覺到她的體溫，她的胸部緊壓著他的背。她的襯衫長袖摩擦著他兩邊裸露的前臂。除了偶爾握手之外，他們從來沒有碰觸過。如果他不是這麼疼痛，他也許會因為她陌生軀體的碰觸而產生性慾。

她的個子比詹米小很多，但是這對她有利。她可以躲在他背後為所欲為，而詹米完全沒有機會伸手到後面去阻止她。

不過他也不知道要怎麼阻止她。

茉莉推著他往左邊移動，往左再往左，把他帶往這間空辦公室的角落。

「詹米，到此為止。」她悄聲說。

「你為什麼**這麼**做？」詹米說。他的聲音沙啞，喘著氣，絕望。他聽到自己的聲音都嚇了一跳。

「噓，現在別出聲。痛苦很快就會停止。」

□

基恩說：「她在做什麼？」

「把他抓給我們看。」

「就像屠宰廠的員工炫耀雞隻一樣。」

「正是如此。」

「現在她將會割開他的喉嚨，把他倒掛起來？」

「這並不會讓我訝異。」

「我是素食者也沒關係嗎？」

「我不認為她在乎。」

□

茉莉把詹米摔到地板上。

詹米一手撐住自己——不幸的是，他用的是已經麻痺的那隻手。他的手虛弱到無法支撐自己的體重，所以他的臉撞上了地板，呼吸著工業地毯的空氣與塵埃，這地毯至少一個月沒有用吸塵器清理過了。

他看到茉莉的腳滑出鞋子，小心地把鞋子推進辦公室的角落，放在那裡應該就不會被碰到了。但是為什麼要這麼做？

她在幹什麼？

詹米讓自己跪起來，往辦公桌伸出沒受傷的手。他要把自己拉起來，逃走，讓那些穿著舒適白袍、拿著拘束帶的精神科醫護人員去搞清楚這件事。茉莉已經瘋了，這點非常明顯。她是在開槍擊中老闆頭部之後發瘋，還是在很早之前就瘋了？管他的，詹米需要離開這間辦公室，離開這層樓。

回家去跟家人團聚。

但當他伸出手時，茉莉抓住了那隻手，用力往天花板拉了幾吋。

然後把他兩根手指往後壓，讓他痛到無法動彈。

她只用了一隻手。

「噢嗚。」詹米說，比較是出於驚訝而非疼痛。

茉莉看著她，冷笑著。她對他無聲地說了些什麼，然後施加更大的壓力。

現在真的、真的很痛。

「噢，天啊，請放手。我動不了。」

她又無聲地說了某句話。

也許詹米已經失去意識，因為他可以發誓，她說的是：

跟我一起演戲，不要暈倒。

但是她大聲說出的是：

「告訴我你對歐米迦計畫知道多少？」

「**什麼?!**」

現在茉莉的手指壓著詹米的手指，詹米發現自己發出慘叫，這種叫聲試圖要同時達到三個目的：

吸進空氣。

表示疼痛。

乞憐。

他從來沒發出過這種聲音，他想不到自己的聲帶竟能發出這樣像動物的叫聲。

「告訴我，」她大聲地說，彷彿是對整間辦公室的人宣布，「歐米迦計畫的事。」

「我不知道……你在……**講什麼東西**。」

茉莉搖頭，彷彿很失望。

然後她用另外一隻手——詹米再度無法置信，他整個身體竟被一隻柔軟纖細的手給癱瘓——去解開襯衫的袖口鈕釦。在費城潮濕的夏季裡，除了大衛之外，辦公室裡就只有她是穿長袖。當茱莉捲起袖子，詹米看到了原因。

她的手腕上包著一條很寬的銀手環，看起來像是一串金屬骨牌串在一起，包覆著她肌肉精巧的前臂。茱莉點了其中一塊銀骨牌，翻開底下的儲物空間。她拉出了一樣東西。

然後她給他看這樣東西。

一把銀色刀刃，並不長，形狀像三角形，長柄被黑色絕緣膠帶包住。

詹米認得這種刀刃，它是筆刀，普通的辦公文具，尤其在報業很常見。他在大學報社裡做了好幾年剪貼工作，手指被筆刀割傷無數次。

現在茱莉把筆刀的銳面壓在他大拇指的肉墊上，像個老師在黑板上用粉筆寫字。

「歐米迦計畫。」她複述道。

□

基恩問：「歐米迦計畫？」

「不知道是什麼。」

基恩把一台筆記型電腦轉過來，關掉串流影像，打開一個新視窗，開始打字。基恩打進一串關鍵字、密碼與搜尋條件之後，一個視窗開始瘋狂地運作。

「沒有結果。」他喃喃地說。

「奇怪。我從來沒聽過這種名稱的東西。聽起來好一九七〇年代。我們不會給任務取這種難聽的名字。」

「**真是**怪了。」

麥考伊的臉一亮。

「等等，」他說，「不用搜尋了。」

「為什麼？」

「我想她是在擾亂他的心智。」

「以及我們的心智。所以沒有歐米迦計畫？」

「記住，她是在表現她適合這個職位。也許她只是在炫耀她的偵訊技巧。」

「就算她的對象什麼都不知道？」

「這樣更好。她必須用盡各種手段。」

「老兄，她心理不正常。」基恩說。

「她棒透了。你可以把那份檔案遞給我嗎？」

□

詹米想要掙脫，但是每動一下就會讓手臂再痛一陣。

「你在幹什麼?」詹米問道。他可以感覺到大拇指上的刀刃尖端。也許這只是他的想像,但是筆刀感覺彷彿正陷進他的肉裡,深到足以刮到骨頭。神啊,她真的在刺他的拇指嗎?

「告訴我歐米迦計畫的事。」她大聲說。

然後茉莉瞇著眼低聲說:

「詹米,我知道你什麼都不知道,不要暈倒。」

「那你為什麼要問我?」

「錯誤的答案。」茉莉說。

然後她割傷他,刀刃一路劃下整隻拇指,跨過底部的厚實肌肉,在割到脆弱的腕部血管之前才把筆刀拉出來。

詹米號叫。他想要動卻動不了。他無法看到拇指受的傷,因為他的掌心面對茉莉,她現在把帶血的刀鋒尖端放在食指上。

「告訴我歐米迦的事。」她再說一次。

然後她悄聲說:

「保持清醒。」

保持清醒?詹米看不到自己的拇指,但是他想像著一條熱狗被放在烤肉架上,外皮爆破翻開,露出底下的肉。

天啊,怎樣才能讓她住手?

告訴我歐米迦的事。

詹米試著要移動，往前一撞讓她失去平衡，任何方法都行。

但是他被癱瘓了。

她把筆刀深深插進他食指的頂端。

現在他才發覺茱莉抓住的是他的左手。詹米是左撇子，用拇指跟食指握筆。他用拇指跟食指拉開崔思尿布的膠帶。他會用指尖滑過安瑞雅的胸部，撫摸她柔軟的肌膚與乳頭周邊的突起，這是他最喜歡的感官經驗之一，現在他卻永遠失去它了，因為——

——因為茱莉割開了他的食指，從指尖到掌心。

她問了他更多問題，也許是同一個問題：**歐米迦計畫**。誰知道這是什麼東西，希臘字母阿爾法（α）、歐米迦（ω），最低等的歐米迦男人、原始人、死人。但詹米聽不到她的問題，因為此時他已經極度震驚——迷惘、混亂、尋找著身體其他部位，讓他可以躲一會兒，遠離像熱狗爆開般疼痛的手指。溫熱的血液——他的血——流下他的前臂，四處奔流，從他的手肘滴下來。

也許她現在正在處理他的中指。他這麼想的原因是，感覺上她割中指到一半就停了下來，因為她的一根手指正壓在中指的底部，這是她使他癱瘓的部分手段，也許她將要結束割手指，然後把前端指節切下來，放進小小的保鮮袋裡保存，在前往急診室的路上再問他歐米迦計畫的事……

「我猜你終究是什麼都不知道。」她說，或者這是詹米的幻覺。

茱莉讓他再度倒在地上。

如果他想要的話，他又可以動了。

但他不想動。

「我以你為傲。」她耳語說。他看著她穿著絲襪的腿繞過他的身體，試著不要踩到血跡。

他再也不想聽到她的聲音了。

「但我們還要再進行一會兒。」她接著說，「撐著不要昏過去。」

他聽到茱莉的話，試著不要從中抽取出任何意義，但這很困難，對他而言文字就是一切。他曾是個寫手——仍然是個寫手，儘管勞碌寫作的是金融服務的無意義新聞稿，他完全搞不懂這些服務是什麼。

不可能否認她的話有意義。

撐著不要昏過去。

這是可怕到難以置信的陳述。因為「撐著不要昏過去」意味著他還要承受更多的痛苦，也許是很大的痛苦。這聽起來不妙。詹米認為他們相當徹底地探索了他個人忍受痛楚的極限。精準地說，極限就是一根拇指、一根食指與半根中指。

所以當茱莉把他再度拉起來，用一隻肌肉強健的手臂攬著他的軀體，讓他的體重壓在她的身體上時，他心想：

我將要承受更多的痛苦。

我們將要一起進行這件事。

但是筆刀在她另外一手，這一次她的拳頭握住包著膠帶的部分，刀刃就像匕首一樣往下指。支撐他的手臂鬆開，詹米稍微往下滑了一點。她的手臂繞過他右邊腋下，伸到他的脖子周圍——很用力，幾乎要讓他窒息。

刀刃碰觸到詹米的胸膛，直接穿過他的襯衫，就像刺進他拇指一樣地刺進皮膚。

然後刀刃滑下他的胸口。

噢，天啊。

這一次她要殺了他。

□

「呃，」基恩說，「我不確定我有心情看這人被開膛剖肚。現在快到晚餐時間了。」

「噓。」麥考伊說。

「她在幹什麼？」

「不知道。」

「就我看來，她不是在剖開他的胸口。」

「不是。」

「什麼，她在演戲？」

「等一下。」

女朋友的檔案放在麥考伊的大腿上，這顯現了他有多投入這個行動。通常他會放在他大腿之間的是嘉利啤酒瓶。他翻了幾頁。

「她對我比了七，對吧？」

「老兄，我相信是如此。你要的話，我可以倒帶。」

「不必，我們都看到了。這個男人是第七號，詹米・迪布魯，媒體關係主任，以前是記者。女朋友對他的風險評估是最低的。」

「這就解釋了割手指的原因。」

「對……嘿，你說的沒錯。我沒想到這一點，這太棒了。」

「你看，她還在割著他。」

「還是不見血？」麥考伊問道，但是他把椅子往最近的一台筆記型電腦滑過去，輸入了一些數字，他的螢幕上跳出同樣的景象。

「不對。」基恩說，「如果不是在玩弄他，她就是我看過用刀最沒準頭的人。」

「她到底在搞什麼鬼……」

然後麥考伊微笑了。他就像慶生會上的小孩，一棒把紙偶[1]打破，糖果與玩具像雨點般落

1 在墨西哥與中美洲，慶生或過節時，會讓蒙眼的小孩拿棒子去打裝了糖果玩具的紙偶。

在他周圍。

「我**愛**這個女孩！噢，我想當她的小爹地。」

基恩看著他，他絕不會再問「什麼？」，他堅決不問。

「等我們碰面的時候，我要跪著膜拜她沾著血塊的雙腳。噢，天啊，我現在好迷她！」

基恩不會發問，這會讓他沒尊嚴。

螢幕上，女朋友繼續假裝戳刺著她的偵訊對象。只是現在她讓他跪著，用她的鉤狀刀刃劃過空氣，就在他的喉嚨、眼睛、肚子和生殖器前面揮舞著。她惡毒、銳利的動作，一點差錯也出不得。如果偵訊對象打了個噴嚏，就會立刻被割傷。

偵訊對象，這個姓迪布魯的傢伙，正在發抖。很難看出他是因為恐懼或是痛苦的痙攣而發抖。他受傷的手無力地垂在身旁，血從他被割傷的指尖滴下，形成了抽象畫家波拉克畫作的圖像。

麥考伊拍了基恩手臂一下，「你知道她在幹什麼嗎？」

不，我不知道，基恩心想。他正等著我發問，他想要我發問，他需要我發問。

噢，這真是幼稚。

「什麼？」基恩問道。

麥考伊說：「她正在引領我們讀她的履歷表。」

□

詹米處於一個奇異的處境，他接近死亡、預期死亡並慢慢地接受死亡，可是卻無法真的死掉。

當他再度看到刀刃的那一刻，他知道筆刀將會插入他的胸口。他的心裡有一枚恐懼的原子彈爆發。

他想到了崔思。

崔思以及那隻穿著小男孩短褲的卡通鴨。

雖然他想像刀刃插進身體的感覺，可是刀鋒似乎沒有割到他的胸膛。它揮向襯衫表面之上，然後往他胸口其他位置刺去。這一刀也沒有捅進他的身體。

接著是一連串的快速揮刀動作，幾乎快到讓詹米無法理解，但是每一刀他都預期會傷到他，刀刃將會刺穿他的皮肉，他的生命將會快速抵達終點。

過了一陣子，他跪在地上，現在刀鋒在他喉嚨與臉前飛舞，速度快到讓他感覺到茉莉瘋狂動作所引起的風。

但是刀刃都沒刺進他的身體。

比起今天早上發生過的事情——槍擊事件與割手指——現在這個狀況更能瓦解詹米・迪布魯的心智。

□

麥考伊盡量做了說明。但基恩還是有些困惑。

「這是索舒納匕首刀術[2]裡的招數。」麥考伊說，「哇，也有用一些韓國國術院[3]刀法。」

「為什麼她不把他幹掉？」

「因為他是第七號，她不需要這麼做。」

「那麼為什麼要對他下手？」

「為了炫耀。她已經少了一個目標——第五號，那個叫史都華的男人，就是那個喝了香檳的人？」

「對。」

「這表示她必須以某種方式作彌補。她保證她會展示她所有的技術，並承諾這些技術既令人吃驚又有效率。她要我們知道她可以用無數的方法來讓人崩潰，從無法被察覺的方法到花俏的方法。首先她採取直接的拷問，現在她用的是花俏的方法。」

他們繼續看了螢幕一會兒。

「他們不會發現這些……毀損身體的證據嗎？」

「不會啦，反正屍體都會被燒掉，無所謂。」

基恩嘆息，然後轉頭不看螢幕。

「是這麼說沒錯，但她做得太過火了。」

「也許吧，但我喜歡看她工作。」

「她應該直接殺了他就好。」

□

詹米・迪布魯希望她立刻殺掉自己。

然後一件好笑的事情發生了。

她住手了。

這天早上，詹米第三度倒在地毯上。穿過茉莉的雙腿，他可以看到辦公室的門已經打開。

有另一雙腿站在門口，那雙裸露的雙腿穿著黑色平底鞋。

「茉莉，你在忙？」一個聲音說。

他試著要看到茉莉雙腿之外的東西，可是他的視線模糊。

然而這個聲音聽起來很熟悉。

2 據說是流傳自十五世紀歐洲的刀術。

3 韓國的武術體系，其中包含各種武器技法。

聽起來像是——

□

「妮可・懷斯，代號『勇腳馬』。」

「真有趣。」基恩說，「我不知道原來我們取的暱稱都這麼娘砲。」

「我們是娘砲沒錯。」

「我只是在開玩笑。」

「但你知道事實上誰會取很娘的代號？」

「嗯，美國中央情報局。」

「乖寶寶中情局。」

「有趣。他們派她去監看這次費城的行動？」

「不對。他們迷戀大衛，因為他離開了中情局而吃醋。其實，我不認為他們知道我們是墨菲行動的幕後藏鏡人。這樣也許比較好。」

「女朋友知道勇腳馬的事？」

「她沒這麼說過。如果她已經察覺，這就更令人印象深刻了。」

「大衛的辦公室可真是充滿驚奇。」

「這就是我們這一行這麼好玩的原因。」

基恩可以理解為什麼麥考伊對人才這種事情這麼著迷。這可以像美國肥皂劇一樣令人上癮。他並不看肥皂劇，誰在跟誰搞、誰跟某人祕密結盟。你可以在一家公司——或是暱稱為「公司」的中情局——工作好多年，卻無法理清所有沾黏的蜘蛛網。

「你的女孩可以料理這個局面嗎？」

「看起來她可以料理一切。」

「想要打個小賭嗎？」

「不要講話。我想女朋友即將殺掉勇腳馬，我可不想錯過這場好戲。」

一對一

如果你從多個位置去進攻你的市場，而你的競爭對手卻沒有這麼做，你就佔盡所有優勢。

——行銷專家杰・亞伯拉罕

妮可・懷斯，代號勇腳馬，已經等了這一刻，噢，將近六個月了。準確地說是一百七十八天，自從「茉莉・路易斯」開始擔任大衛的助理之後。那個自大的小悶騷，妮可早就知道她不像他們所宣稱的是一介平民。

在會議室裡她的小小表演，只證實了她懷疑了好幾個月的事。她是**他們**的一分子。

因為某個原因，所以墨菲沒有告訴**其他**幹員這個真相。

九一一事件一年後，妮可加入了這間公司。那時候真令人興奮。大衛曾說，我們要把恐怖分子巢穴裡的蛋打破，那時候，妮可還可能笨到相信他是個愛國志士。但是現在她看清楚了，她知道大衛・墨菲正在暗地籌劃什麼東西，並且利用「這是情報圈超機密的部門」當作欺瞞其他好人的伎倆，讓他們依他的話做事。

某些幹員也許會認為這只是在旁監看的任務，但妮可並不如此認為。她是在嚴密監管

「公司」所知最惡名昭彰的幹員之一。九一一之後幾個月，他突然退休，然後開了一家「金融服務」公司。

*在一哩之外，我們就可以聞到門面公司的氣味，*妮可的上司曾經告訴過她，*我們想要知道他是在掩護哪個單位。*

妮可點頭。

我們要你進那家公司，我們要你待到查出真相為止。

不管大衛・墨菲暗中在搞什麼——妮可的上司們確信他一定**有什麼**密謀——她會潛進裡面評估，如果有必要的話也會採取行動。

所以當大衛在星期六早上叫他們進公司，她**知道**有大事要發生了。但是她對此事卻一無所悉，讓她非常挫折。

這是一種失敗。

不管大衛在搞什麼，她都應該從一開始就緊密監視。但這件事卻讓她措手不及。

上班幾天後，她在大衛的電腦上裝了無法被偵測的鍵盤記錄器，每個月都會換一套新的。她知道他寄出的每一封電子郵件，瀏覽過的每一個網頁。

她也把大衛在辦公室門後所有的對話都錄了音。

她運用壓縮空氣噴罐、數位相機與許多操作Photoshop修圖軟體的漫長夜晚，以這種方式偷看他的密封郵件。

她收集每一包碎紙機處理過的廢紙，在她郊區的公寓裡進行重組，一包又一包，一個又一個漫長的週末。她曾用迷你紙鎮把紙片壓在定位，然後一片片地重組。有許多個夜晚，她都夢見碎紙條。

她跟郵差發展出祕密的純粹性交關係，以及繼任的每一個郵差——儘管他們大部分對個人衛生都毫不在乎。

她甚至弄壞了無數便宜的手錶，把它們放在大衛座車的後輪下——**這真的是**非常老派的偵探方法——以便縝密地追蹤他進出的時間。

經過三年的祕密行動，她多次贏得「勇腳馬」的稱號。

除此之外，什麼都沒得到。

「繼續監視他。」她的上司們告訴她。

她遵照指示，只是偶爾會暫停工作去進行其他的任務。她的價值很高，不應該把她所有的時間浪費在大衛・墨菲身上。

這時候妮可開始起了疑心。也許當她在進行其他任務時，她錯過了什麼東西。

也許大衛知道她是誰，並趁她不在時進行其他的勾當。一切只是為了讓他看起來像是經營公司的乖寶寶，朝向成功私營企業之路邁進。

也許他有辦法避掉她的鍵盤記錄器。

也許他把她的監視錄影帶給調包。

也許他從其他公司買了亂七八糟的碎紙，假裝那些是自己的文件碎紙。

也許他注意到那些手錶，像他這種老油條可能會察覺到。

也許他是在混淆她的腦袋。

如果真是如此，有一件事可以確定：茉莉·路易斯已經幫助了他六個月。

過去六個月以來，她對大衛·墨菲的監視變得越來越令人感到挫折，大衛在差不多的時間點雇用了茉莉，絕對不只是巧合。妮可跟茉莉握手的那一瞬間，她就有了不祥的預感。她立刻開始尋找證據，要中情局仔細過濾茉莉的背景，但是查到的再普通不過。她出生在伊利諾州香檳的一個保守的天主教家庭。她念了一年伊利諾州立大學農學院，嫁給了一個名叫保羅的精算師。

但是她唯一能夠查到的情報背景證據是：她有一點俄羅斯口音。

這有些奇怪，一個伊利諾州女人的嘴巴怎麼會講出俄國口音？而她的本名是茉莉·凱伊·芬納堤，完全不是俄裔姓名。

但妮可發誓茉莉有俄國口音。

她希望可以向某人說出這件事，問他們是不是也聽到俄國口音。

唯二的證據是：她的監聽帶。在茉莉來之前，妮可對大衛辦公室的祕密錄音裡，有無害的辦公室調笑與電話交談。但是在茉莉來之後，錄音帶什麼都沒錄到，只有空白的嘶嘶聲，彷佛某人曾在錄音帶上面晃過強力磁鐵。妮可改用數位錄音器材，但是結果還是一樣，儘管她知道大衛並非整天沉默地坐在辦公室裡。那男人喜歡在電話上講話。透過她的ATH-M40fs鐵三角牌監聽耳機，妮可聽過無數小時的講話聲。

為什麼現在只錄到空氣？

妮可聽著那些沒錄到聲音的錄音帶，搜尋著聲音的線索，某個電子響聲，某個可以指出是什麼裝置把錄音帶全洗掉的東西。

然後她聽到了。

或者她發誓她聽到了：*Zdrastvuyte*。非常微弱，在人類聽覺極限的邊緣。

Zdrastvuyte。

這是正式俄語，意謂：

「哈囉。」

她聽了越多次，把播放器材的音量開到最大，越能發誓她在那句問候語之後聽到了另外兩個音節。

妮—可。

Zdrastvuyte，妮—可。

這一切開始讓妮可・懷斯的心裡不安……直到大衛・墨菲雇用了下一個平民為止：實習生羅珊・寇特伍。妮可在羅珊身上清楚看到了讓她心理狀態恢復正常的途徑。

大衛的組織奇怪的一點，就是它混合了幹員跟平民。幹員運作組織，平民支援幹員。

羅珊不應該只是扮演「支援」的角色。她聰明、多才多藝，長春藤盟校畢業，雙親都是巴基斯坦裔醫生，她的道德規範有彈性。這些都是讓她成為一個好情報員的優點，而她講話沒半點俄國口音。

妮可決定了：羅珊就是**她**要找的人。

妮可決定慢慢拉她入夥，一次一吋地帶她走進大海。她沒有給羅珊任何暗示，只是無聲地進行打底工作。她也還沒有向她的中情局上線提議這件事，但是上線知道他們總是在找新人才。她猜測他們可能會同意，因為這樣就有兩對眼睛盯著大衛。兩對匕首插進草裡，試圖把蛇定在原地，這樣牠要四處爬動就比較困難了。

羅珊：妮可正在訓練的伙伴，她的救世主。

羅珊甚至是更為重要的角色——妮可已經多年沒遇過這種角色了。

一個朋友。

當然，她應該已經死了。

Jamie DeBroux

詹米・迪布魯

~~Amy Felton~~

~~愛咪・費爾頓~~

Ethan Goins

伊森・勾隱斯

~~Roxanne Kurkwood~~

~~羅珊・[illegible]~~

Molly Lewis

茉莉・路易斯

~~Stuart McGrane~~

~~史都華・麥克蘭~~

Nichole Wise

妮可・懷斯

大衛頭部中彈之後，大家決定散開，妮可拉住羅珊的手腕，「往這邊走。」

「但是……」

「**相信我**。」

妮可告訴過愛咪她們要去確認電梯，但是並沒說她要帶羅珊去哪兒。首先她們前往大衛的辦公室，因為不管將發生什麼事，他的辦公室可能接著就會被燒毀，這是情報專業的標準作法。妮可**並沒有**想到茉莉竟會背叛，在她像李・哈維・奧斯華[1]般刺殺了大老闆的那一刻，妮可對於這個伊利諾州鄉下女孩的各種理論就被沖進馬桶裡。茉莉並非被雇用來擋妮可的路。她自己爬進了大衛的公司，正在對公司與其所有幹員進行她的小小惡意接管。

但她是**為誰**工作？

大衛的頂頭上司們？

另一個情報組織？

另一個國家？

妮可因為不知道答案而感到非常痛苦。

「我們要去哪兒？」羅珊問。

「去電梯。」妮可說。

當然，她們正往電梯間走去，但這卻是通往大衛辦公室的捷徑。從一側出口出去，再走進另一個入口，緊接著左轉，然後她們就到了。妮可會把門撬開——不，慢著。

首先她要把藏在這裡的手槍拿出來。過去五年間，她定期會改變藏槍的位置。她的HKP7手槍，九釐米子彈八發，這不是世界上最搶手的槍戰武器，但是在這裡也夠用了。因為她要將這把槍交給羅珊，然後她們會藏在大衛的辦公室裡不讓其他人進入。妮可會指示羅珊射殺任何走進門的東西，必要的話，用光八發子彈也可以。接著妮可會把這間辦公室拆開，收集她所需要的東西，然後自己把辦公室燒毀。她會把羅珊弄出這裡，逃到外面去，叫「公司」把她們帶走。她祈禱自己不要因為沒發現這麼災難性的事而慘遭開除。

經過了三年的臥底調查，結果大衛・墨菲竟然是為外國恐怖分子工作？

「妮可，電梯是往這……」

「別管那個，我已經改變主意。有件事……」

但是當她打開門，她看到茱莉・路易斯一閃而過的身影。茱莉正在走道上衝往墨菲的辦公室。

她可真是為老闆之死而哀悼。

好，改變計畫。首先規劃出脫逃計畫，之後回去解決那個俄國鄉下女人。

「羅珊，跟我走。」

「什麼？現在又怎麼了？」

1 刺殺約翰・甘迺迪總統的凶手。

可憐的羅珊。昨晚在大陸酒館，她似乎如此無憂無慮。星期六大清早得去炎熱的市中心上班，讓她感覺很糟——對羅珊這個世代來說，早上九點的確是大清早——但她還是可以讓自己跳出這個感覺，一樣玩得很開心，喝「宇宙」調酒，吃西班牙小菜，跟男生調情，嘲笑職場的人。

現在她一覺醒來，卻發現老闆威脅要殺了她，一個同事死了，另一名同事用刺殺甘迺迪的風格開槍打爆了老闆的頭。

現在她最好的朋友（至少妮可希望是如此），正帶著她穿過走道，不管她願不願意。她需要羅珊跟她一起度過難關。

「你必須相信我。」妮可說，「我知道這裡發生了什麼事，我知道要怎麼讓我們脫身。」

羅珊，願神垂愛她，看著她的眼睛，就像是女童軍在宣誓一樣，她說：「我信任你。」

「我們要到另一邊去。」

自從二〇〇三年起，公司的那半邊就沒在用了。

「先到廚房去。」

過去幾週，妮可把她的ＨＫ　Ｐ７手槍藏在辦公室另一邊廚房裡的白色燉鍋中。幾乎沒有人會用這邊的冰箱，就算是某人用了這台冰箱，也沒人會餓到打開別人的燉鍋。

「你該不會真的要吃那個吧？」羅珊問道。

妮可拉出燉鍋，打開塑膠上蓋，一個防水可封口的塑膠袋上面蓋了一層冷豌豆。她的手指摸到塑膠袋的邊緣，然後將那把HK P7挖出來，冷豌豆在廚房流理檯上灑得到處都是。

「噢，我的天啊。」

妮可從塑膠袋裡拿出手槍，拉開槍機，把子彈裝進槍膛，再把手槍插進她的腰後。她穿著七分褲，褲腰的空隙剛好適合這種時刻。她上一次經歷這種時刻已經是太久之前，腎上腺素像瀑布般湧進血液裡，感覺很棒。

「我的天啊。你打算要殺我。」

「不，親愛的。」妮可說，「我是好人，我們將要從這裡逃出去。」

墨菲說過，他把電梯設定為不停此層，並且在消防梯裝了神經毒氣。墨菲當然有本事做這類的事情，但是空調管道呢？

啊，對了，空調管道是這片土地的動作片最愛的東西。當你被困在房間裡，需要緊急脫逃時，你只要把金屬通風口拆下來就可以了——它不會被螺絲鎖緊什麼的——你只要鑽進裡面，哪怕現代空調管道是被設計來輸送空氣而非成年人也沒關係。就算你有辦法擠進管道裡，你大概也會在某個不幸的地點摔到底下，也許會掉到一個辦公室隔間裡被二號鉛筆給插中身體。但這就是我們愛動作片的原因，對吧？

然而人生並不是動作電影。

妮可並不想用空調管道脫逃。

她想要用它來尋求協助。

妮可在走道上移動，直到她發現她要找的東西為止：空調進氣口，大小跟精裝本小說的書背差不多大。

「給我你的包包。」

「為什麼？」

「羅珊，拜託。」

「好啦、好啦。」

羅珊去哪裡都帶著包包——就算是星期六早上九點的會議也是如此。她總是帶著一瓶代表個人正字標記的原裝香水：卡文・克萊的「誘惑」女性香水。到目前為止，羅珊已經花了幾個星期想要妮可用這種香水，不停地煩妮可去聞她的手腕。妮可不用香水，她喜歡潔淨清新的味道，她愛用愛爾蘭之春牌香氛。花俏的香味會讓你容易被追蹤。

現在，妮可很高興羅珊帶著香水。

因為她將要把量大到邪惡的「誘惑」噴進進氣口。

妮可多年前曾經讀過關於一場官司的事：在一家九層樓的律師事務所，一名年輕合夥人決定要對一個同事惡作劇，這個同事被逮到去過脫衣酒吧。他在路邊攤買了一瓶廉價香水，然後在他好友的辦公室裡到處噴。座椅上、辦公桌上、地毯上、角落裡，量大到足以讓這裡在接下來幾天聞起來像個貼身豔舞女郎。然後這個合夥人把門給關上。

問題是，這棟建築的中央空調系統吸進了這種廉價香水，並把味道散播到整棟大樓裡。空調系統並不足以驅散這種氣味，很快地這棟建築就被脫衣舞孃的香水味給淹沒。

一名祕書對這種氣味過敏，在送往醫院的途中，她的氣管封閉了起來。這個年輕合夥人的生涯，就結束在接連發生的刑事與民事訴訟裡。

妮可不想用「誘惑」殺死任何人，但如果它能吸引到大廈保全的注意力，她們保住命逃出這層樓的機會就高了一些。

她打開香水瓶蓋，背脊底部傳來一陣奇異的感覺。

是她的HK P7手槍。

天啊，羅珊，不……

「不准動。」羅珊雙手顫抖著說。她慢慢後退遠離妮可，用槍指著妮可的頭。

「事情不是你想像的那樣。」妮可說，「我是中情局的人，羅珊，聽我說：**我是中情局的人**。」

「大衛想把我們全殺了，現在你又打算把我們全毒死。」

「羅珊，你犯了大錯，請把槍放下。」

「我並不笨！我聽到他提及神經毒氣！」

妮可給她看香水瓶。「羅珊，這是你自己的香水，『誘惑』是你的。」

「我昨晚在你家過夜！你有可能已經把香水掉包了！」

「親愛的，你沒辦法把化學神經毒氣放進香水瓶裡。」

其實這是辦得到的。但是妮可需要讓羅珊冷靜下來，說些她想聽的話，讓她把手槍還來。

「那你把香水放下。」

「這是我們的脫身方法。」

「神啊，妮可，不要逼我這麼做。**拜託**不要逼我這麼做，但我不會讓你把我們全殺了。我絕對不允許！我不想死在這裡！」

妮可曾經在羅珊身上看到的優點——她的主動性與彈性——現在像是在哈哈鏡裡扭曲著。她怎麼會想要招募這麼容易抓狂的人？在幾分鐘之內，她就放棄了理性的思考。

羅珊還是她的朋友，但是她完全不適合這一行。

現在妮可必須做一件她會後悔的事。她必須擺平她最好的朋友。羅珊會吃些苦頭，妮可做這件事會讓她很難過，但是現在她需要讓羅珊安全地留在不礙事的地方。她可以把羅珊藏在某間空辦公室裡，一直到事件結束為止。也許那時她們會有機會修補互信的裂痕。

所以妮可假裝要把香水放回包包，但是突然抬手用香水噴羅珊的雙眼，接著把槍往下拍，用手指包住手槍把它拉走。她丟下香水，手一劈擊中她的人中部位——這一招會造成巨大的疼痛，足以讓她雙腳跪地。妮可會利用這個機會打昏她，讓她至少失去意識一小時。

但妮可誤判了這一劈的威力。

妮可意外地把摯友的骨骼碎片打進了她的大腦。

□

妮可原地坐了一會兒，俯身靠在她摯友的屍體旁邊，思考著下一步。

她思考著自己臥底情報員的生涯已經醜態百出地毀了，她要如何才能彌補過去三十分鐘內犯下的這些錯誤——很有可能完全無法補救了。

此時她聽到了腳步聲，在辦公室的遠端。

某人走進了公司閒置的那半邊。

不只**一個人**。

一個男人的聲音：

「我們只需要一個三號電池，就有救了。愛咪怎麼想都無所謂。」

□

「你在忙嗎？」現在妮可問道。

茉莉轉身，她臉上有著扭曲的淺笑。她張開嘴唇，汗珠掛在嘴唇之上。她在這裡面跟可憐的詹米玩得很開心，地上有很多血。天知道她用了哪種方式來凌虐他。然後她看到他的手，一切就了然於心了。

妮可應該早一點衝進來，這麼做比較善良。但是她蹲在羅珊屍體身邊那段痛苦的時間（同時聽著詹米的慘叫乞求聲）是非常重要的，妮可・懷斯不是臨場想策略的那種人，她需要幾分鐘的時間準備進行她的遊戲。

現在她已經準備好對付這個俄國鄉下姑娘。

「*Zdrastvuyte*。」茉莉說。

正式俄語，意思是：

「哈囉。」

錄音帶上錄到的**就是**她。

但是妮可並未受到震撼。她回答：

「*Kak de lah*。」

你好嗎？

「*Kowaies Kateer*。」茉莉說。很好。

噢——現在講起阿拉伯文來啦。俄國鄉下小女孩可是受過他媽的高等教育。

「*Min fain inta*？」妮可問道。你來自哪個國家？

茉莉不理會這個問題，回敬另一個：「*Sprechen Sie deutsch*？」你會講德文嗎？

「*Natürlich*。」當然會。妮可回答，「你不覺得*Mirabile dictu*嗎？」真是太棒了。

「*Quam profundus est imus Oceanus Indicus*？」印度洋最深的地方有多深？

「*La plume de ma tante*。」像我姑媽的筆一樣深[2]。

□

詹米不知道妮可跟茉莉在講什麼，一切聽起來都像胡言亂語。

「妮可，」他喘著氣說，「**快逃！**」

然後他開始往前爬，只用他的右手，皮膚在地毯上灼燒，眼睛掃視著空蕩蕩的辦公室，尋找任何像是武器的東西……

□

當她們互相交換各種語言的同時，妮可心想，要處理這件事的方法有很多種。她蹲坐在羅珊屍體旁的時候，已經預演過兩種不同的劇本。

茉莉・路易斯的體型像是俄羅斯體操選手——又瘦又小。她很可能受過各種空手搏擊術的精良訓練。現在妮可看到茉莉拿著這把可愛的小筆刀，刀柄用膠帶纏著。她可能用起那傢伙就和外科醫生一樣厲害，她當然已經讓詹米・迪布魯吃了不少苦頭。這把刀不能留在茉莉手上。

2 最後兩句問答典出小說《大法師》，問話的人是要驅魔的耶穌會牧師，答話的是惡魔。

然而妮可的身材就像美國女子職業籃球員一樣高大，或至少可以在大學女籃校隊裡當個後衛。她的七分褲腰帶上插著她裝滿子彈的HK P7手槍。

選項一：拔槍，把俄羅斯鄉下姑娘轟進牆壁，讓隔間牆上沾滿她的血。

但是這樣一來，她就沒有機會收集到一些可能挽救她職業生涯的情報，所以現在不能立刻處決她。當然，她可以開槍打茱莉的腿，但是她也可能因此休克，這麼一來也得不到情報。

選項二：攻她個措手不及。

用拳頭把俄羅斯鄉下姑娘打到眼睛發黑，讓她的脊椎幾乎斷成兩半。打碎她的肋骨，讓她一呼吸就感到一陣刻骨銘心的疼痛。讓她不能動彈，但不要讓她暈過去，妮可需要她保持意識。隨機應變。這樣妮可才有機會保住工作，儘管目前她的工作前景似乎很黯淡。

妮可最喜歡選項二，但是茱莉並沒給她選擇的機會。

她已經拿著迷你刀刃衝過來了。

□

在螢幕上，女朋友拿筆刀往前刺。

麥考伊微笑，「你看看。」

她的對手是個高大骨架粗的金髮女人，文件指出她是妮可・懷斯，她用右手格開筆刀，然後用掌跟擊中女朋友的鼻子。女朋友顯然吃了一驚，她丟下刀刃，往後退了幾步。

「啊，」基恩啜著剛倒的茶說，「**你瞧瞧**。」

「閉嘴。」麥考伊說。

□

茉莉這麼快就把筆刀丟下，讓妮可很訝異，她以為還得打上一會兒，但也無妨。

妮可左手箍住茉莉的喉嚨，用右手抓住茉莉裙子的布料。她用力一推，把茉莉的頭撞在門框上，她把茉莉拉回來，再更用力地將茉莉往牆壁撞去。茉莉的頭從隔間牆彈回來，然後妮可把她摔過這間辦公室，讓她嬌小的身體撞在對面的牆上。衝擊力粉碎了部分隔間牆，牆面震出灰塵，她腳下的地板似乎在晃動。

妮可再把茉莉摔向辦公室窗戶，撞破了玻璃，讓茉莉的身體被百葉窗的鋁片給包住。俄羅斯鄉下姑娘在玻璃碎片上滾了十呎，折彎鋁片，然後停住不動。

妮可心想，*茉莉・凱伊・芬內提，知道我的厲害了吧？*她的雙臂已經酸了；她已經好一陣子沒去健身房。

茉莉躺在地板上，動也不動。

噢，糟了。

她該不會又重蹈覆轍了吧？不小心把人給殺死了？

這樣就**不妙**了。

妮可想到她的堂哥傑森，他大她四歲，曾喜歡在家族聚會時把年紀比較小的堂表弟妹抓來，施以各種兒童的凌虐遊戲。但這是在妮可八歲之前的事，因為她抓住了十二歲的傑森的手腕，把他的手臂拉到背後，用盡吃奶的力氣一推，讓傑森的肩膀脫臼了。妮可的父親說：

「甜心，你得學會控制你的脾氣。你比你想像的來得強壯。」

爹，我懂你的意思。

但是她並沒有憂慮太久。當妮可踩過粉碎窗戶的那一刻，玻璃在她黑色平底鞋的下方碎裂，此時茉莉活了過來。

她跳了起來，她的脊椎彷彿被銲進一條燒不壞的工業保險絲。

她站得直挺挺的，彷彿一切無礙，儘管她的手臂與臉上有著割傷，有些玻璃還插在皮膚上。但茉莉的動作看起來，彷彿碎玻璃、裂開的隔間牆與彎曲的鋁片都不存在。她雙手垂在身側，髮型依舊分得整整齊齊，嘴唇還是深紅色，發出濕潤的光澤。

她對妮可微笑，抬起眉毛，彷彿在說：

大塊頭女生，你還有什麼本領？

□

麥考伊發出一聲：「**呼哈！**」

這讓基恩很不痛快，他看過並**討厭**那部艾爾・帕西諾主演的電影。

「這有什麼了不起，她只是站了起來。」

「不對。」麥考伊說，「我的寶貝是『鐵窗喋血[3]』裡的主角路克。」

「我不懂這是什麼意思。」

「你不會明白的。」

□

妮可立刻判斷，那年她爸爸話說得太誇張了，她的堂哥不過是隻弱雞。

因為妮可認為她已經痛扁了俄羅斯鄉下姑娘一頓，但是茉莉還站在那裡，露齒而笑，奚落著她。

但是她並未因此不往前衝。她抓住茉莉的脖子跟胯部，再度開始修理茉莉。

相對來說，墨菲—諾克斯公司閒置空間的平面規畫比較簡單。三邊是關著門的小辦公室，第四面是一排儲物櫃。樓層中央用隔間牆隔出辦公隔間，中心地帶有個空間放了兩部影印機與四台印表機。這些機器已經落伍五年，沒有插電也沒有維修服務。

妮可感興趣的是那些封閉的小辦公室，每間都有各自的窗戶，從離地兩呎高的地方延伸到天花板。窗內裝了鋁製百葉窗，允許員工保有隱私。

3 一九六七年的監獄電影，描述頑強的路克反抗監獄威權並試圖逃獄的故事。

妮可把茉莉的身體摔向最近的一扇窗戶。

這一撞相當壯觀：茉莉被摔的力道如此之大，連同玻璃與鋁片一起滾到地毯上，撞上對面的牆壁又彈回來。

妮可跨進那扇破掉的窗戶。

「茉莉，你今天感覺如何？」她說，「一切還好嗎？」

妮可聽到吐口水的聲音。俄羅斯鄉下姑娘終於嚐到苦頭了，很好，妮可需要一些答案，而且她也厭倦不斷把茉莉丟向大片玻璃窗。

「你在地上休息就好。我們來談談，不管你喜歡用哪種語言都可，甚至用波斯話也無妨。」

茉莉兩手撐在地毯上，往地板一壓，彈跳成完美的站姿，面對著妮可。微笑著。

妮可這一次毫不猶豫，雙手抓住茉莉的脖子，讓茉莉的背部撞在牆上。

「**婊子**，你想跟我談？」茉莉說，嘴唇彎出另一個可怕的微笑。

妮可將會承認，她此時暫時失去了理智。

她尖叫著把茉莉丟出窗戶。茉莉撞到窗框的底部，滾過走道，進了一個辦公隔間。在一秒鐘之內，她又跳了起來。但是這一次妮可已經準備好了。她跳過有鋸齒狀玻璃的窗框，雙腳著地，轉身，迴旋踢向茉莉的臉——如果妮可的訓練課程可以當作指標的話——她這一踢將會讓茱莉顱骨碎裂。妮可不再瞎搞了，她需要**重創**茱莉。

但是妮可的腳並沒有機會接觸到茱莉。

因為茱莉跳到空中，像海洋公園的海豚一樣往後翻過隔間牆。

妮可的腳只踢中了隔間牆。

□

麥考伊幾乎像性高潮一樣爽。「噢！你有看到嗎？**噢！**」

基恩強忍住自己的驚訝。這個動作**簡直**厲害到不可思議。他看的還是無趣的監視畫面，難以想像要是親眼看到會是什麼樣子。

然而聲音卻是非常清晰。墨菲幾乎在每個角落都裝了無指向性麥克風，這男人顯然連他的幹員們有沒有忍住屁不放都想聽到，所以基恩聽到迴旋踢擊中隔間牆的聲音，聽起來就像拆建築用的大鐵球意外掉在人行道上。

「我好愛她。」麥考伊說。

「要我幫你把那話兒掏出褲襠拉一拉嗎？」

「可以嗎？」

「變態。」

「你這個令人厭倦的老零號。好了，現在安靜。狀況越來越有趣了。」

麥考伊敲了些按鍵，麥考伊的筆電與基恩面前的螢幕切換到另一個監視鏡頭的位置。它在一間辦公室裡，從沒有百葉窗的窗戶往外拍。

女朋友背對著鏡頭。

□

妮可跳過隔間牆，不是什麼花俏的空翻，只是雙腿一跨，眼睛總是看著前方。茉莉正等著她，仍然微笑著。茉莉・路易斯在墨菲─諾克斯公司工作六個月以來，妮可想不起來曾經看過她微笑。她坐在她擠滿東西的大橡木桌後，看起來永遠都工作過度、緊張或便祕。

茉莉臉上的微笑令人不安，有點像是看到昏迷的病人在喜樂的幻境中，不由自主地咧嘴而笑。

「**妮──可**，你打算再把我丟進窗戶嗎？」

妮可把她踢進另一扇窗作為回應。

有時候，在戰鬥中最好要抗拒發揮創意的衝動。

但是這一次茉莉在衝進窗戶之前穩住了自己，只把玻璃撞出裂紋。她在一秒鐘內重新恢復平衡，右手握拳揮向妮可的左胸下方。

她中拳的那一刻，妮可知道出事了。光是挨一拳不會這麼痛，應該不會讓她心跳加速。這是茉莉揮出的第一拳，卻幾乎要讓妮可跪在地上。

妮——可，你打算把我丟進窗戶嗎？

慢著。更新一下狀況。那一拳**的確**讓妮可跪了下來。為什麼她喘不過氣來？她到底怎麼了？

突然間，她察覺茉莉的臉就在眼前。

「**痛不痛啊？**」她用濃濃的俄國腔悄聲說。

事情還沒收場。

不會是這樣的結局。

因為妮可裝滿子彈的手槍還插在七分褲的腰帶上。

妮可手往後伸，握住槍柄。

茉莉不是猜到就是察覺即將發生什麼事。她又做了個完美的後空翻——雙手手掌往後撐在地毯上——雙腳撞進已經裂出蜘蛛網痕的窗玻璃上，接著她的身體也穿了過去。

妮可一揮手槍，開始射擊。

砰！

砰！

砰！

玻璃完全碎裂。

隔間牆被打成一片片。

後座力把妮可往後推倒，讓她從跪姿變成坐在地上，但是她繼續開火。

砰！

砰！

砰！

射擊到此為止，因為妮可感覺胸口像是被鐵鎚打中，接著她的呼吸停止。

□

詹米聽到槍聲時很震驚。三聲槍響，接著又是三聲，然後是一聲幾乎聽不見的**吸氣聲**。

忘記你流血了，忘記你爆開的熱狗手指，逃出去。受傷的也許是妮可，她救了你，你必須還她人情。

這並非是世界上最有尊嚴的事，但詹米別無選擇，他用手肘跟膝蓋爬出這間閒置辦公室。他已經聽到槍聲，但不知道是誰中彈。他不久前才看到茉莉在會議室裡拿著手槍，她用來射殺大衛的那一把。一個瘋狂祕書割破詹米的手指，他好不容易逃過一劫，不可能會被流彈爆頭，因為這樣的情節就太反高潮了。

他知道自己還沒完全喪失幽默感，這讓他心情舒坦了點。

詹米從最短的路徑爬到辦公隔間邊緣。他的計畫：停在這裡，探頭，窺探長走道。

他爬到那裡，盡量不要讓他那被切開的爆破熱狗手指出現在視線內，他還沒辦法看傷口。

他在角落四處張望。

她看到一雙腿。

一雙沒穿襪子的腿，穿著黑色平底鞋，其中一隻鞋脫落了一半，掛在腳趾上。

天啊，是妮可。她穿七分褲沒穿褲襪。在炎熱的八月早晨的會議室裡，只有瘋子茱莉穿得很正式，長袖襯衫與全套行頭。妮可沒穿絲襪。

所以妮可也掛點了。

狗屎。

茱莉在哪裡？槍還在她手上嗎？

思考，詹米，思考，因為儘管你的手痛死了，比起讓某人死去的罪惡感，疼痛根本不算什麼。不管死的是不是妮可・懷斯，他在公司一年，她可能只看過他一眼，而且還把他當作是無足輕重的小角色。妮可是無辜的，不管她曾是怎樣冷漠高傲的公主，她**確實**把茱莉引開，救了他一命。

茱莉還在那裡嗎？不管是拿著槍或筆刀，她還在等著他？

妮可的腳抖了一下，她的鞋完全脫落，滾到一邊。

不管那麼多了。

詹米用他的手肘與膝蓋撐在地板跟隔間牆上站了起來。他盡快在走道上跛行。

「妮可。」他大聲說，想知道茱莉是不是在等著她，也許她會被他的聲音給引出來。他祈求可以躲進一間門沒鎖的辦公室，或是空的辦公隔間。但他並不知道接下來該怎麼辦，更何況要對抗的人可以用兩根手指就癱瘓他。但是他還是往前走，心裡這麼祈禱著。

「妮可。」他又喚一聲。

詹米走到她旁邊，背靠著粉碎窗戶旁邊的隔間牆。

沒有茉莉的蹤跡。

但妮可不省人事。

也許甚至死了。

「妮可！」

詹米走過去跪在地上，用沒受傷的手摸她脖子側邊。她的頸動脈沒有脈搏，他的耳朵貼近她的嘴巴，沒有呼吸。他不確定要怎麼用無痛的方式做這件事，但他非做不可：心肺復甦術。在崔思出生前一個月，他在一門課堂上學會心肺復甦術，是安瑞雅堅持要他去學的。現在，他面對著真實的狀況。

詹米一手扯開妮可的襯衫，看到她穿著白色蕾絲胸罩，低胸款式。他手伸到她脖子後面，讓她仰頭，夾住她的鼻子，把他的嘴唇貼上她的唇，將空氣吹進她的肺部。她的嘴巴裡好像有煙味。壓她的胸口——對，用他血淋淋、被割開的手，她的胸罩很快就會染血。對她的嘴吹氣，壓胸口，摸脈搏，再度吹氣。在這麼緊迫的情勢下，他一點感官的刺激也沒有。

第三次人工呼吸之後，他救醒了妮可。

她的眼睛不規則地眨著，她看見了詹米，但似乎難以對焦在他身上。

曾有一瞬間，詹米可以發誓她準備要打他。

「你還好吧？」

妮可的胸口起伏，拚命地吸氣。

「很好。」

她的手指在肚子周邊摸著，尋找某樣東西。她要找的是她的襯衫兩側。她摸到了襯衫，把她的身體蓋起來。

詹米往後靠在辦公隔間牆上。他的嘴裡有香菸的味道。

□

三千五百哩外，麥考伊皺眉。

他敲了一些按鍵，第二個螢幕上的畫面改變了。再打了一下鍵盤，第三個螢幕的畫面也變了。最後是筆記型電腦的螢幕。

他輪流切換所有他知道的監視攝影機，從辦公室閒置的那區塊開始往外找。

「她在哪裡？」

晨間休息(吃培珀莉農場牌餅乾)

你最近犯的錯誤就是你最好的老師。——羅夫・奈德[1]

文森・馬利拉一層層地上樓,從二十三樓開始,重點放在北面。文森知道他不會幸運地在二十三樓就發現有一片玻璃掉了,二十五、二十六、二十七、二十八樓都沒有。最好不要有這種發現,如此一來,今天就會是個平靜的週末,絕對不能在他值班的時候出這種麻煩事。

市場街一九一九號大廈的假日值勤人員維持在最低限度。總共只有四個保全——同時間有三個在值勤,大家輪流休息吃午餐。很少有什麼離峰時段,總是有人需要幫助。企業保全跟飯店保全差不多——總是人手不足且經費匱乏。文森很少能夠不受打擾地讀完一頁書。他大多是在休息時間閱讀,而休息時間永遠太短。三個值勤,一個休息,總是如此。

為了要查碎玻璃的事件,文森叫卡特去櫃檯,要瑞克德檢查八到二十二樓,他自己檢查二十二樓以上的樓層。一到七樓是大廳跟停車場,所以總共應該只有二十八層樓要查,一層一層來。

1 美國律師,消費者權益運動者,曾五度獨立參選總統。

文森來到二十九樓的時候，他已經有了一個檢查的節奏：按下電梯控制面板的暫停鍵，祈禱這層樓有人租用。如果有，他就把萬能鑰匙插進雙重安全門，走進大廳，以反時鐘方向巡視這層樓，檢查北面所有的窗戶。

其中一層很輕鬆；這一層沒有隔出辦公室，只有辦公隔間。但其他樓層都會用最好的面窗私密辦公室來獎賞員工。有些辦公室的大窗戶百葉窗被拉下。很少有人會不拉下百葉窗——大多數人喜歡在職場保有隱私。這意味著他得拿鑰匙進入每一間辦公室，有時候門鎖還會卡住，讓他火大。

啊，週末上班。

他知道他不應該抱怨。去年失業之後，現在能有這份工作已經算是幸運。事實上，從去年十月三十一號萬聖節到今年總統紀念日（二月第三個星期一），他都是失業狀態，努力讓自己振作起來。他吃了些處方藥，跟職能治療師見過兩次面——順帶一提，他的保險並未完全給付這些費用。可是這些都沒有幫助。

他的兒子正值青少年，文森只有週末才會見到他，兒子給了他最好的建議：

「爸，放輕鬆就好。」

所以他盡力放輕鬆。

放輕鬆好長一段時間之後，文森看到自己有些進步。他的心臟不再無故狂跳，他不再聽到不存在的噪音，他的夢境也不像以前那麼可怕。

一年前，他在麗登浩斯廣場（費城最富裕的一塊地皮）的喜來登大飯店（一家算是高價的旅館）當夜班保全。喜來登從那樁事件之後就歇業了。一年前的炎熱八月夜晚，文森被叫去七樓查看疑似家庭糾紛的事件。就算在高級飯店，這種事還是會發生。在他走到門口之前，一個穿西裝的人猿扭住他，痛揍了他一頓。文森盡力抵抗——他的打架方法骯髒卑鄙，這些年來這一套在酒吧頗吃得開，但是對這個男人卻毫無用處。接下來他只知道一隻又大又肥的人猿手臂勒住他的脖子，然後他就陷入黑暗之中。

文森醒來的時候身處畢札羅星球。他的兒子看過一些日本漫畫，你得從封底開始翻到封面[2]。當他被攻擊的時候，他對人生就有這種感覺，從封底翻到封面，完全搞不懂是怎麼回事。也許對懂得閱讀這玩意兒的人來說，人生是有意義的。

結果，這頭攻擊他的人猿據信是某個恐怖組織的一分子——我就知道是這樣。每當文森告訴朋友這個故事，他都會這麼說，但他並不常講這件事。國土安全部的人出現，某個有波蘭裔姓氏的人，感謝他的勇敢，拍拍他的背，然後消失在夜色之中。文森檢查過詢問者報與費城日報，從來沒讀到任何後續新聞。飯店經理讓他放了幾天假，叫他去放鬆一下。

文森非常難以「放鬆一下」。

最後喜來登放手讓他自生自滅。

2 美國漫畫（往左）與日本漫畫（往右）的翻閱方向不同，才讓文森有這種認知。

你走過人生，自以為知道自己在社會權力階層裡的位置。你知道哪些人容易對付，哪些人比你有分量。你低著頭持續走在這兩類人中間，然後你就會沒事了。

問題是——這是文森遇到的第一次——某個比他強壯太多的人把他打個半死。

先不管體型比他大這件事——那個攻擊他的人簡直是完全不同的生物。

突然間，宇宙似乎太無常。威脅太大，失敗的機會太高。

一直到總統紀念日，他才鼓起勇氣去求職。十四年來他只會幹保全這一行，不過他也沒有辦法去馬那楊克區開花店。一個朋友推薦市場街一九一九號大廈：進駐的都是公司行號。那些上班族愛抱怨、只顧自己，但是不像在飯店裡會遇到瘋子，在喜來登遇到的甚至是衣裝體面的瘋子。

復活節的時候，文森已經開始週末日夜值班。

所以現在他在這裡，一個熱到不行的八月早上，檢查著北面的每一扇窗戶，一切只因為一個毒蟲看到大廈後面巷子裡有碎玻璃。

現在到三十樓了。

按下「停止」。走到雙重安全門。插進萬能鑰——

慢著。

門上這是什麼東西。看起來像是門把附近的小凹陷，還有黑色的摩擦痕跡。文森感覺到脊椎裡有冰涼的刺痛感。他感覺自己將在這層樓發現一扇破掉的窗戶。

猿。

他控制不住自己。在他打開安全門之前，文森附耳在門上，聽著裡面有沒有另一頭人

□

大衛・墨菲正想著爆米花。

今年八月是墨菲—諾克斯公司成立五週年紀念，他想要讓整棟大廈都知道這件事。老實說，他並不在乎這棟大樓裡有誰知道這件事，但他就是必須送出一份禮物。他跟專業的科技人員洽談之後——一組化學實驗室的怪胎，他曾經在波士尼亞跟他們共事過——他調理出完美的禮物，五加侖鐵桶裝的爆米花，裡面分成三塊：鹽香奶油、起司與焦糖。

大衛抬頭看著一排這種鐵罐。在他辦公室裡甚至還有更多，茉莉的辦公桌後面至少堆了十二個。

他試吃過罐裡的一些爆米花。起司有點太橘了，也有點太膩——更別提它有點讓人聯想到腳丫子的氣味。焦糖口味黏牙，儘管看起來是黑色糖漿狀，吃起來卻不夠甜也不像焦糖。鹽香奶油口味的話……他倒是可以大口吃這種口味的爆米花。

但是他並沒這麼做。他只試吃了幾把爆米花以說服自己，沒錯，它嚐起來就像是辦公室上班族會喜歡的那種，而且會在辦公室放一陣子。雖然他們也許不吃起司跟焦糖口味，但是肉塊合唱團不是唱過一首歌？「三分之一也不壞」之類的[3]？

大衛雇用一家公司把爆米花跟三等分紙隔板放進鐵罐，罐子由他自己提供。鐵罐外面有一圈費城城市天際線，橄欖綠的文字兩側都有：

墨菲—諾克斯與合夥人公司

以立足於友愛的城市[4]為榮

……創業五週年誌慶！

這是茉莉寫的，她擅長這一類的東西。

在她開槍射擊他的頭之前。

昨天，幾十桶爆米花鐵罐被送到市場街一九一九號大廈三十到三十七樓的每一家公司，其中包括三家律師事務所、一家會計師事務所，一家本地生活雜誌、州立最高法院法官個人辦公室、兩家公益團體，還有一些大衛不太了解的各類企業。

如果二十九樓以下的租用戶感覺不受尊重，大衛準備要開心地如此回應：啊，你們知道，送貨服務一天就只能送這麼多，其他的爆米花星期一會送來。希望你們不介意稍待一下！

然而已經沒有更多爆米花罐會被送來。他只訂了最高八層樓所需要的量。

這會是整個計畫裡最弱的一環嗎？稍後國會調查委員會某個無名的研究員會檢查這份訂單嗎？

不過這根本無所謂。

儘管大衛癱瘓在會議室自己的血灘裡，他想像著自己對牆壁旁小桌上的一堆爆米花微笑。六鐵桶爆米花。今天早上的這一部分還沒被搞砸。

不管茉莉有什麼計畫，大衛希望為了她好，她會盡快把事情做完。

也許她會回來做這件正確的事，結束他的生命。

這樣就太完美了。

□

三十樓沒有人猿。

連稍稍類似人猿的東西也沒有。更重要的是，這裡沒有破掉的窗戶，或少了一塊玻璃。安全門上的摩擦跡象並沒有什麼，可能是深夜的聯邦快遞人員把鐵製推車撞上了門。

沒什麼好擔心的。

他知道喜來登的小小冒險也許還讓他心有餘悸。被人掐脖子直到失去意識，會讓人變成這樣。但是他也知道這可能部分是因為他的兒子讓他疑神疑鬼，兒子是個十五歲的陰謀理論家。

---

3 大衛記錯了，歌名應是「Two out of three ain't bad?」。

4 費城（Philadelphia）在希臘文中的字義就是手足友愛的城市（THE CITY OF BROTHERLY LOVE）。

接連幾個星期，兒子說服他相信九一一當天世貿中心遭到攻擊，其實是美國政府的傑作——這齣精心策畫的大戲讓數千人喪生，卻讓當權者拿到一張空白支票，以用「反恐戰爭」之名保護他們的商業利益。他告訴他的孩子別瞎扯淡，但是兒子就像平常一樣，總有辦法慢慢說服他的老爸，提出一項項的證據。他曾經坐在自家的電腦前，認真地看著一樣東西，當然他必須去瞧瞧，萬一兒子是在看色情網站怎麼辦？這是他做父親的義務。他走到螢幕前面，兒子興奮地指著螢幕，「爸，你看這個。」文森還搞不清楚是什麼回事，他就看著螢幕上世貿中心雙塔之一倒塌。他不知道是哪一棟——北塔還是南塔？

兒子指著倒塌大廈的側邊，「你有看到嗎？」

「沒有——什麼東西？喂，你為什麼要看這種東西？」

「仔細看。」兒子把影像往後倒退幾秒，然後按下小小的三角形，「看到了嗎？」

「看到什麼？」

「當大廈倒塌時從側邊噴出的濃煙。」

「我想有看到。」

「爸，這是人為控制的爆破。政府是故意要讓這兩棟大廈倒下的，他們知道光是一架飛機撞進頂層還辦不到，為了保險起見，他們還放了別的東西進去。」

「別瞎扯淡。」

文森聽到自己說出這句話，並意識到他的父親也說過同樣的話。只不過他的父親並不是發現少年文森盯著網路上的陰謀論影像。他當鐵工廠工人的父親要是發現他躲在後院小屋裡偷看《瀟灑》情色雜誌，就會把雜誌捲成棍狀來打文森，然後說「給我滾出去」，接著沒收雜誌留作己用。

要是這麼簡單就好了。

最近他聽多了這類的瘋狂言論——就在他兒子每個週末來住他家的時候。他不由自主地開始產生興趣，讀了些兒子印給他看的文章。這就是他在保全休息室的一小堆書中，抓了一本《中心突襲》的原因。

因此他也對受雇保護的這棟大廈做了太多的思考。

的確，費城有比市場街一九一九號更高、更重要的大樓。任何想要攻擊大廈的恐怖分子，最可能的目標應該是自由一號、二號大廈，這是費城可媲美世貿中心的閃亮藍色巨塔。或者是市政府，它曾經是美國最高的建築物……紀錄保持了約十七分鐘。或者是鮮明的美國自由象徵：獨立紀念廳，以及對街閃耀新館裡的自由鐘。

所以為什麼他這麼害怕？

文森決定，他必須叫他兒子短時間內不要看九一一事件的東西。

□

文森所不知道的是，在三十樓的隔音板上面，**藏著**四組爆炸裝置。兩組裝在南面，一組在西，另一組在北。南面的其中一組，距離他所站的位置只有十呎遠。

不過安全門上的擦痕，真的不是剛剛有人闖進去的結果。

那的確是聯邦快遞的人造成的。

事實上，這些爆炸裝置早在五年前就裝好了，就在大衛・墨菲簽下十年期租用三十六樓合約之後沒多久。大衛隨時都把啟動裝置放在手邊。

大衛喜歡對所有可能性有所準備。

就算有朝一日，某個用意良善的執法單位闖了進來，他們在三十六樓也找不到這些炸藥。上一層或下一層也沒有。

沒有人會想到要檢查下面六層樓的地方。

想到的時候已經太晚了。

當打烊的時機來臨——就像今天——只要簡單提供正確的助燃劑，讓它遍布在三十一到三十七樓的地板上。

這種助燃劑可以被融進爆米花鐵桶裡，並分送到這些樓層的各家公司去。

墨菲—諾克斯與合夥人公司

以立足於友愛的城市為榮

……創業五週年誌慶！

大衛心裡的典範是極盛廣場大樓。在把公司設在費城之前，他就已經讀過它的報導。一九九一年二月二十三日，二十二樓發生火災，最後把上面八層樓都燒光了。這棟大樓沒有倒塌，當了超過十年的龐大空殼，然後市政府官員終於許可拆毀它。

一場簡單的火警，毀了八層樓。

加上正確的助燃劑，要徹底毀掉墨菲─諾克斯公司是輕而易舉的事。

但是對那些數年來偶爾會享用該公司免費爆米花的人來說，該公司將永遠無法從他們心中磨滅。

文森沒有辦法知道這些事情，這並不代表他是個糟糕的保全。事實上，五年前大衛唯一留下的證據，是他把爆炸裝置接到大廈電源線時，從電線上切下的一小段黑色包覆管。當他迅速清掃地毯，確保沒留下任何蛛絲馬跡的時候，大衛漏掉了它。

兩天後，一個清潔人員用吸塵器把它給吸起來。

現在它正躺在南美洲附近某個海上漂浮垃圾堆的底部。

看誰有本事找到**那段管子**當線索。

□

文森的雙向無線電響了一聲，驚醒他的白日夢。如果**有**任何恐怖分子藏在上面，這一響就暴露了他的行動，害他被殺。

「什麼事？」

「文森，你最好下來十六樓。」是瑞克德，他正在檢查大廈下半部。

「怎麼回事？」

「我這邊有個人你該過來看看。」

「讓我猜猜，他因撞破玻璃而手上都是割傷？」

「不對。」瑞克德說，「他昏迷不醒，喉嚨上插著一枝筆。」

□

妮可不確定哪一項比較糟：茉莉一拳就讓她倒地，還是得讓詹米這種雄蜂來救醒她。

世界上的人可以分成一些簡單的類型。大多數的人是雄蜂，每天嗡嗡吵著日常生活的事，完全沒意識到他們的貢獻與蜂窩有什麼關係。嚇嚇他們就可以輕易讓他們集體行動——恐怖分子威脅、環境災難或流感大流行。其中有些甚至是真的，但多數事件是被女王蜂所操縱，或是由工蜂來執行。

妮可跟茉莉是工蜂。

大衛・墨菲這種人就是女王蜂。

妮可喜歡相信自己跟其他工蜂是在平等的競技場上較勁。當然，有些工蜂在某方面比較強大或有天分，但他們都還是工蜂。

然而，茱莉是隻特別強悍的工蜂。

她能夠承受痛毆還可以繼續站著的能力，讓妮可震撼不已。她幾乎為最後必須作弊而感覺內疚，但這是她唯一能演的劇本。妮可知道她已經受了重傷，她知道必須阻止茱莉。

「她在哪裡？」妮可現在問道。她坐了起來，感覺極度暈眩。

「誰？茱莉？她走了。」

「什麼？」

妮可試著勉強自己站起來。地板旋轉著，但她必須自己親眼看到。

茱莉摔進去的那間辦公室空空蕩蕩。地板上四處都是碎玻璃，還有一塊塊隔間牆碎片跟灰塵。妮可數數彈孔，窗戶上兩個，金屬供暖器上一個，辦公桌上有兩個，最後一個在右邊牆壁上。這一槍差目標太遠了（妮可心想，這可能是她的最後一槍），彈孔至少在茱莉頭頂三吋的地方。她開了六槍，都找到了彈孔。

沒有一槍擊中俄羅斯鄉下姑娘。

妮可咒罵著，一拳打向最近的牆壁，剛好是這間空辦公室的外牆。一片掛在窗框上方搖搖欲墜的玻璃碎片掉了下來，撞碎在下方窗框，一些碎片飛過詹米的雙腿。

「喂。」他說。

妮可低頭看到自己一腳沒穿鞋。她謹慎地走到鞋邊，晃出鞋裡的玻璃，再穿上。她拿起地板上的HK P7手槍，再度塞進她褲子後面。

「走吧。」她說。

「去哪裡？」

「離開這層樓。」

妮可在說謊。她需要去大衛的辦公室取得任何能得手的情報，然後她會思考脫逃的事。如果到了最後關頭，她可以撬開電梯門，從電梯通道往下逃。除非大衛連那裡都設了機關。

「你可以拉我一把嗎？」

妮可嘆氣。沒用的雄蜂。她伸出手，接著感覺襯衫的一片布料翻了開來，讓詹米可以清楚地看到她的胸罩，她染血的胸罩。她把手縮回來，可是詹米已經伸出手，當妮可手一縮，他只抓到了空氣。他撞在辦公隔間牆上。

「唉呀。」他說。

妮可不理會他。他低頭看著自己破爛的襯衫。

「你做了什麼？」她問。

「我得扯開你的襯衫來幫你做心肺復甦術。」

「你不能隔著襯衫做嗎？怎麼，你想趁機摸一把？」

「我沒想那種事。」詹米說，「我是在想辦法救你的命。」

妮可看著前方的走道，「我猜我應該感謝你還讓我穿著胸罩。」

「嘿，不是這麼回事。」

「當然。我還記得我的心肺復甦術課程。第一步：如果病患是女性，扯開她的襯衫。」

妮可找尋著有沒有還留在原地的鈕釦，一顆都沒有。

「來吧。」她說，「我們走。」

詹米慢慢讓自己站起來。

「大家都到哪裡去了？你覺得茉莉也去追殺他們了嗎？」

妮可仔細地考慮了這件事。要告訴他多少？畢竟羅珊的屍體不過在幾十呎之外，就在辦公隔間的另一區。她要帶他繞遠路去大衛的辦公室，並希望他們不會遇見茉莉。

至少她的手槍裡還有兩發子彈。如果她有另一個開槍的機會，她會近身給她一槍。用槍管指著茉莉的額頭，然後扣下扳機。

妮可看著詹米——他衣衫不整、渾身是血、被打得鼻青臉腫，但他仍只是隻雄蜂。

目前，緘默是最好的對策。

「跟我來。」她說。

□

在大衛的辦公室裡，他們發現三樣必要的東西：繃帶、酒與一顆電池，甚至剛好是三號電池，正是T900傳訊機所需要的。

不幸的是，傳訊機被壓壞了。

他們走回去的路上，詹米先去茉莉想要把他切成肉片的辦公室，把傳訊機從地板上撿起來。塑膠螢幕已經不見了，機器裝上新電池也不能開機。電池是妮可在大衛辦公桌的一個抽屜找到的。

「讓我看看。」妮可說。

詹米沒有爭辯就把它遞了過去。他坐在地板上，旁邊是妮可在大衛辦公桌裡找到的急救箱。這是在辦公用具大賣場買的標準公司用急救箱，裡面有六百一十六樣東西，足以救助一百個人。在這種早晨，當你的老闆與同事抓狂，試圖要射殺、凌遲並毒害你的時刻，有這種急救箱真是方便。

同時間，妮可把電池蓋蓋回傳訊機背部。她已經打開過蓋子，把電池又放進去，懷著渺茫的希望。她按了一些按鈕，什麼都沒發生。

「這東西壞了。」妮可說。

「我已經跟你講過了。」

「你有壓在它上面什麼的嗎？**可惡**。」

好了，詹米不能再拖延了，他得盡力治療他的手，至少在他們離開這層樓之前要先止血。如果他成功的話，他會用紗布把那幾根手指包起來，戴上一隻黑色皮手套，就像天行者路克的**絕地武士**打扮。最好再說服反抗軍把他的手換成生化零件，給他一隻全新的手。

詹米看著自己的手指。

噢，天啊。

慘不忍睹。

它們痛得厲害，彷彿在提醒他：我們在這裡，我們受傷了。我們在這裡，我們好痛。治療我們，現在就治療。

詹米從急救箱裡拿出一些紗布，嘗試閉著眼睛把紗布纏在手指上，盡量使用膠帶。如果安瑞雅在這裡，她會因為他沒用消毒水而對他大吼。當然他可以辯稱根本不值得擔心感染的問題。當詹米往下看，他可以發誓自己看到了骨頭。

「你在做什麼？」

「包紮我的手指。」

「你包得不太好。」

「我第一次做包紮。」

「手給我，我們時間不多了。」

妮可低頭看著詹米被切得血肉模糊的手指，然後說：

「噢，天啊。」

「是啊。」

「我沒辦法縫合傷口，急救箱裡沒有縫線。」

「沒關係，你盡量就好。」

「我會盡力把傷口貼上繃帶，試著用我在大衛的辦公桌裡找到的威士忌來消毒。稍後你再去看醫生，好嗎？」

「說真的，你做什麼都好。」

「你想先喝點酒嗎？是約翰走路黑牌威士忌。」

「我不用了。」

「我想你會在約十秒鐘之內後悔這個決定。」

妮可開始包紮。詹米往上看著天花板，聽著可黏繃帶剝開撕裂的聲音。他不想知道血淋淋的包紮細節，最好假裝她正在專業地縫合每根受傷手指的皮肉，技術完美到幾天後手指就可以彎動，然後**啪！啪！啪！啪！啪！**——縫線將會跳出來，他就完全被治好了，儘管他知道根本就沒有縫線。

「要開始啦。」

「你還沒開始？」詹米問。

「你要準備好撐住。」

詹米的雙眼緊盯著灰白色的天花板，想像上面的小凹處是大到可以躲進去的地洞。他聽到酒瓶軟木塞被拔出來時微小空洞的「颼」一聲。

「乾杯。」

詹米不可能準備好承受衝進他血肉模糊的左手的痛楚。比起**現在的痛楚**，稍早的疼痛——也就是傷口被切開時的疼痛——簡直就像對天堂沙灘的回憶。**新的痛楚**折磨著他，就像強酸腐蝕血肉、鑽進骨頭。

「現在別出聲。」

妮可穩穩地抓住他的手腕，而他身體其他部分激烈地扭動。詹米的意識縮小，飄進天花板的大坑裡。

過了幾分鐘，他睜開眼睛。光線很強烈，他正仰躺在地板上。

繃帶撕裂聲。

「你剛昏過去了。」妮可說。

「嘔——」詹米說。

「別吐，我已經弄好一半了。」

她繼續包紮。

昏倒並沒有消除他的記憶。他並沒有幸福的時刻可想：嘿，我現在人在哪裡？為什麼這個高大的女人正在弄我的手？為什麼她只穿著胸罩？詹米記得一切，什麼都沒有改變，除了他感覺想要嘔吐之外。

「妮可。」

「是。」

繃帶撕裂聲。

「你知不知道為什麼大衛今天早上想殺死我們？」

她沒回應。

「他瘋了嗎？」詹米問道，「我想我會比較喜歡這個理論：因為工作的壓力讓他抓狂……」

「你相信是這麼回事？」

「不相信。」

「我也不相信。」

繃帶撕裂聲。

「這是因為你知道其實發生了什麼事，對吧？我們事實上是某個祕密情報單位。」

「如果你本來並不知道，那你就不應該知道。」

「老天，妮可，拜託！」他補了一聲輕輕的「唉呀」。她用力壓他的傷口，也許甚至是故意的。

「今天早上我差點死掉，跟大家一起死。我有權知道。」

「我正在專心包紮。」

「你可以至少告訴我，我們是不是在為好人工作？」

妮可抬起一邊眉毛看著他。

「你知道？是美國政府？」

她繼續包紮的工作。

「我之所以這麼問，」詹米說，「是因為如果我們是好人，那麼大衛・墨菲怎麼會今早受命來殺我們？好人應該不會做這種事吧？尤其是像我這種人，在一個小時之前，根本不知道我們其實是在為政府工作？」

「**你**不是在為政府工作。」她說。

要不是妮可正在包紮他手上剩下的傷口，詹米就會衝出辦公室。這是不對的，這並不公平。當兵的人會收到徵召令，被告知，是的，你的卵蛋可能會在另一個國家被轟掉，或是躺在包著國旗的箱子裡被送回國。二等兵，這就是我們的命運。當警察的也是一樣，只不過你冒險的地點是你住的地區，不太可能死掉，卻當然有這可能性，在你走進警察行列時你就知道了。

但是詹米不是警察或軍人。他是個搞公共關係的人，以為自己是在金融服務公司上班，動機是因為薪水不錯以及醫療福利。他可不是為了別的東西而來這裡工作。

這是不對的。

這並不公平。

對他的老婆與剛出生的孩子來說，這並不公平。他們現在還不知道這裡出了什麼事。

這跟九一一事件一樣令人恐懼，或至少詹米想像以後不管何時想到現在的狀況，這種恐懼都會像身處世貿中心燃燒的樓層裡。你的家人將永遠不知道，在你人生的最後幾分鐘發生了什麼事，這一點令人恐懼，彷彿你已經死了一般。

他感覺到視線。妮可正凝視著他。

「我一直在想要對你說些什麼，」她說，「因為我**真的**希望你可以活下去。你知道的越少越好，相信我，我不能代表公司其他人講話，但我是好人之一。我也許是這裡唯一的好人。你可能救了我的命，所以我也要努力保住你的命。這樣公平吧？」

詹米吞了口口水，他的嘴裡有死亡的味道。「公平。」

「大衛是壞人，他封閉了這層樓想要殺我們。茱莉阻止了大衛，但現在她想要殺我們，所以她也是壞人。現在我們只需要知道這些。」

「好。」

「我們的策略很簡單。我們避開茱莉，努力活著逃出這層樓。」

「我希望你知道要怎麼做。」

「我知道。」妮可說，「我們去問大衛。」

她給他看一支針筒。

「急救箱裡應該沒有這個東西吧？」詹米問道。

三千五百哩外，基恩問：「你找到你的女朋友了嗎？」

麥考伊哼了一聲，把剩下的啤酒喝光。他走進小廚房裡再拿了一瓶。很快的，基恩得想準備晚餐的事。麥考伊一喝到第六瓶啤酒，他就會開始飢餓，當他肚子一餓，就會特別暴躁。

基恩接手電腦系統，輪流監看著三十六樓的攝影機，在每間辦公室約停留一秒。在會議室，老闆還躺在地上，他頭部的血灘看起來像個形狀奇怪的枕頭。他忠誠的員工史都華躺在會議室中間，羅珊的屍體還在閒置辦公區的走道上，還活著的詹米與妮可還在中央辦公區。但女朋友卻不見蹤影。

她到哪裡去了？

基恩希望她沒死，要不然接連幾個星期，麥考伊都會令人難以忍受。

□

女朋友正在整理她的頭髮。

她別無選擇。六發子彈被發射出來，她扭身滾轉，想辦法躲過了每一槍……除了一顆子彈。這是矇到的一槍，很可能是在妮可真的失去控制時所發射的，而且是在未瞄準的狀態下。因為這一槍絕不可能是刻意的，這種槍法是軍隊狙擊手等級，可不是中情局一般的看門狗具備的槍法。妮可沒有這種準頭。

這顆子彈劃過空氣，穿過玻璃，再鑽進空氣，然後打中她的臉頰。

子彈在她的頰骨上方挖出一條血溝，還帶著毛玻璃碎片而讓人感覺疼痛。

但疼痛還不打緊，要緊的是她的外型。

她把臉跟傷口洗乾淨之後，伸手到腦後把髮夾拿下來。她的頭髮很長，保羅喜歡她留長髮。在工作的時候，她把頭髮挽起來不把臉遮住。回家跟保羅獨處時，她會把頭髮放下。在家只跟保羅在一起時，她常會不穿衣服在室內走動，照樣會讓他無法抗拒，即便他以為有掌控權的人是他。

現在她讓一些頭髮變成瀏海蓋在左臉上，剩下的頭髮夾回腦後。她用熱水把頭髮弄順，把隔間牆粉末、血、毛玻璃碎屑撥出頭髮。整理儀容一分鐘之後，現在看起來勉強過關。她以前從來沒採取過這種造型，也許這是件好事。

到最後，她得看起來光鮮亮麗。

這將是最後的測驗。

男朋友將會看到她。

上天保佑，男朋友會給她非常渴望的升遷。不，她**非常需要的**升遷。

男朋友現在看不到她是件好事。

她曾經想要他看到她承受的痛苦——這是面試的一部分，但承受痛苦之後的結果卻不是。一個好的情報員有超級的韌性，可以從任何形式的折磨中恢復原狀。大多數的美國情報員承受痛苦的門檻都很低。

這將會讓她在眾多競爭者之中凸顯特色。

她把繃帶跟液態皮膚放在右手手環裡，鑷子跟簡單縫合組放在左手手環裡。現在她使用著這些東西，迅速且有效率地進行處理。時間對她不利，她已經浪費了一分鐘在她臉上，然後開始整理髮型。

她的黑裙沒事——黑色可以掩蓋血跡——但是褲襪被毀了，尖銳的玻璃劃破了十幾道口子。褲襪幫了她大忙。這並不是普通的褲襪，不是百貨公司裡被放在塑膠蛋形容器販售的那一種。它們是特製品，加入了克維拉強化纖維。她的雙腿有擦傷跟割傷，但沒有嚴重的大傷口。

她的襯衫也有類似的強化處理，身上最糟的傷是在左前臂，得拉起袖子才能打開手環。

也許她應該把袖子放下。

就像褲襪一樣，襯衫也得脫掉。她在胸罩外穿了一件無袖衫，跟裙子搭配起來並不顯得突兀。在接下來的面試過程中，這樣的打扮應該可以了。

她的腿跟腳都光溜溜，但她可以在離開之前先去把鞋子找回來。

現在她的頭髮蓋住了她的臉。

玻璃碎片已經被拔出來，傷口已經貼好、包紮或縫合好，衣服也擦乾淨了。

女朋友已經準備好可以進行今早剩下的行動。

在洗手間裡，她奢侈地讓自己多看了一會兒鏡子。她人在《費城生活》雜誌辦公室深處。兩週前，她從雜誌發行人身上偷了一把鑰匙。她跟蹤他到一家叫「快樂公雞」的酒吧——

這個名字真是太貼切了。他喝醉了，跌跌撞撞地走去唱卡拉ＯＫ。她把手伸進他的包裡，偷出鑰匙，在他唱到「下午歡愉」的第二段副歌之前，她就已經消失在陰影之中。同時間，她把鑰匙放進右邊手環的收納空間裡。

現在她看著自己，光陰荏苒讓她震驚。

十年前的她，在鏡中會顯得比較瘦弱、害羞。

一個亟於討好別人的小女孩。

現在她不一樣了。

她是個年輕女人，更強壯、更大膽。

但她還是亟於想討好別人。

靈魂裡有些東西就是無法被克服。

女朋友用俄語對自己說話，其實應該說是喃喃自語。無意義的呢喃，她小時候會對自己說的話。

現在夠了，別再耽溺。

第三號目標仍然行蹤不明。他從來沒出現在會議上，但有證據顯示他已經進了這棟大廈。

第三號可能還躲在這層樓。

或者伊森聰明到找到方法逃出了大衛的陷阱。

回到工作

如果你真的想要成功，你必須每天像我一樣努力。偷懶的人是得不到成功的。

——美國房地產大亨唐納・川普

走下二十層樓之後，終於有人發現了他。

他想賞自己一巴掌，罵自己婊子。保全不是應該特別注意消防梯嗎？你知道，這裡可能有安全風險？很高興知道這些年來，這部門原來被這麼「周全」地保護著。但也許這正是用意所在。如果大廈的保全團隊裝備精良、人手眾多、行動有著堅實的霹靂小組風格，這可能像是在對敵人揮舞紅旗。如果這樣的保全暴露了掩護，經營一家門面公司又有什麼用？

然而伊森知道該死的消防梯裡，上上下下都有光纖監視攝影機。他在下樓的途中對每台攝影機揮手，然後用中指敬禮。哈囉，蠢蛋們，注意我。

他每走兩層水泥階梯，就會昏倒一次。他不知道這是蓖麻毒氣的作用，還是插在喉嚨的筆管，還是法國馬丁尼的殘餘正爬進他的心智，但伊森感覺非常惡劣。

所以他昏倒。

他不覺得昏倒有什麼不好。只要他是仰倒就沒什麼好擔心的，然而萬一他是往前撲倒，他們就會發現一個宿醉的二十幾歲男人，喉部被一枝筆管貫穿而過。這將會很難向他的父母解釋。

伊森曾告訴他們，他正在念法學院。

到現在已經念了七年。

也許他們並不知道法學院要念多久。

然而在十六樓，一切都改變了。伊森感覺有極大的重量壓在他的頭跟肩膀上，他的眼皮無比沉重。當他開始往前摔向冰冷的樓梯間時，他用盡最後一點力氣讓自己往後仰。一定要……背部……先著地……

這可真是荒謬啊，你最基礎的需要會在一個小時內完全改變。

一定要……吃……大……麥克。

一定要……背部……先著地……所以……筆管……不會……殺死……我。

伊森的願望獲得實現。

他背部先著地。

在昏倒之前，他大聲哀嚎。

也許只是蓖麻毒氣造成的幻象，但是他陷入了昏迷之中——伊森知道他將會昏迷很久，並不會只短暫持續幾秒就醒來——他以為他聽到了腳步聲走向他。一個拳頭打在鐵門上，某人說，有人在裡面嗎？金屬門栓往一邊轉動發出微弱聲音，上層樓梯間傳來另一陣小聲的腳步聲。

伊森抓住沉重黑幕的一角，把自己蓋起來後翻身側躺，他的感官最後接收到的訊息是：

文森，你最好下來十六樓。

□

茱莉翻開手環裡裝著耳機的收納空間。她打開微小的電源開關，然後把它塞進耳道裡。耳機頻率已經先調到可以接收所有內部無線電訊號的位置。她並沒預期會聽到任何有用的東西，但伊森有可能已經逃出大廈，正在呼叫支援。如果是這樣，她就會聽到保全人員不停的交談。這沒什麼好擔心的，她只需要加快速度完成任務就好。希望她的反應時間會讓男朋友印象深刻。

她才戴上耳機沒幾分鐘就聽到：

「文森，你最好下來十六樓。」

雜訊。

「怎麼回事？」

雜訊。

「我這邊有個人你該過來看看。」

雜訊。

「讓我猜猜，他因撞破玻璃而手上都是割傷。」

雜訊。

「不對。他昏迷不醒，喉嚨上插著一枝筆。」

伊森。

之前那聲大叫現在說得通了。伊森一定感覺到有什麼不對勁，並嘗試提前逃走。他可能有足夠的常識避免搭電梯——因為電梯比較容易被控制並／或破壞。但是他並沒有常識去察覺到，一個會破壞電梯的人也會在消防梯做同樣的事。而這個計算錯誤讓他遭到沙林毒氣攻擊。

茉莉知道沙林毒氣的效果，她多年前曾經短期幫一個阿富汗軍閥走私過這種毒氣。而伊森可能有足夠的智能去理解發生了什麼事，他也許感覺皮膚灼熱、眼睛流血、氣管開始封閉，然後他會聰明到先處理他的喉嚨。眼睛流血會很痛，但是沒有空氣卻會致命。

看看他的下場，他在十六樓，被大廈保全包圍住。

伊森‧勾隱斯本來應該跟大家一起坐在會議室裡。她已經為每個人安排了順序：伊森是第三個；第一是大衛，然後是愛咪‧費爾頓，接著是傭兵伊森。她甚至確認過，以確保伊森也在三十六樓。他的辦公室門開著，電腦也開著。當時，茉莉假設伊森走出去上廁所。

他也確實

去了廁所……

……另一層樓的廁所。

一切都合理了。目前三十七樓無人租用，一名市長候選人曾經把三十七樓當成競選總部，可是五月初選的結果很難看，把他踢出了競選行列。現在那裡只有辦公隔間與租來的辦公桌，等著被載回倉庫去。三十七樓還有兩間廁所——一間男用一間女用，都沒上鎖，大廈裡任何想在處理排泄問題時保有隱私的人都可以去用。

比方說伊森。

一定是在他下樓的途中——消防梯是兩層樓之間最簡便的通道——大衛啟動了封鎖手段與沙林毒氣炸彈。伊森打開門，遇到了出乎意料的攻擊。

可憐的伊森。

其實，伊森太可惡了。他應該是第三個，這並不是她所計畫的那樣。

現在大樓保全已經發現他了。

他很有可能已經死了。沙林毒氣很毒，就算你強悍到可以自己切開氣管，你也無法改變它的效果。

但萬一他還活著？

伊森知道很多，如果他恢復意識，他可以要紙跟筆，也就是另外一枝筆，然後他可以讓今早接下來的行動變得更加困難。

茉莉需要盡快趕到十六樓。

□

文森等著電梯。他鬆了一大口氣，瑞克德已經找到破壞玻璃的人，現在他失去意識。文森不清楚「喉嚨上插了一枝筆」是怎麼回事。瑞克德不是一個會與人起衝突的保全，就算他是，他也不會拿枝原子筆攻擊別人。

管他的。他知道瑞克德抓到的這個男人，一定就是打破北面某扇窗戶的人。謎題解開，他跟瑞克德可以把這個人帶到一樓大廳去，叫費城警察來，要他們開事件報告單，然後他可以迅速回到《中心突襲》的世界，書裡有比飛出去的窗戶與喉嚨插著筆的老兄更嚴重的問題。

□

茉莉翻開手環的另一個收納空間。她拿出一副塑膠防護眼鏡，打開鏡腳跟鏡架鼻樑，把兩片鏡片分開，中間的卡榫嵌進位置，發出清脆的咯一聲。她把防護鏡拿在離臉數呎遠的地方，對準自己的臉。這是沒有約利克頭骨的莎劇哈姆雷特[1]，如果約利克是塑膠防護眼鏡的話。

她等著內建在鏡框與鏡片裡的鏡頭連上網路，然後她用空著的手對鏡片露出三根手指。

永遠要有備用的科技裝備。

引自墨菲喜愛的莫斯科法則。

□

「喂，老兄，」基恩說，「她回來了。」

麥考伊剛跑去上小號或是嘔吐，或只是在廁所的鏡子裡凝視自己。麥考伊令人捉摸不定。基恩有一次撞見他用《浮華世界》雜誌在摩擦脖子跟下巴。他解釋說這是免費的古龍水，然後他出去以荒謬的大手筆買了一瓶單一純麥威士忌。

「我知道你會想看這個。」

基恩聽到馬桶沖水聲。

啊，他在上一號。

「麥考伊！你的女朋友回到線上了！」

一顆多肉的頭從門口冒出來。

「什麼？」

□

1 典出哈姆雷特第五幕第一景，弄臣約利克的頭顱被挖出來給哈姆雷特看，引起他著名的一段獨白，開場是「Alas, poor Yorick! I knew him, Horatio.」（唉，可憐的約利克！何瑞修，我認識他。）作者意謂茉莉又見到了監視攝影機。

茱莉把眼鏡戴在臉上，走向北側消防梯。一定是那一個，因為它離有在使用的辦公區最近。伊森沒有理由會去選另一個，這樣他就等於繞遠路去上廁所。

現在該是打敗沙林毒氣炸彈的時候了，它就盤踞在門口。

茱莉已經跟一個精算師假結婚三年，她認為自己差不多可以處理一切狀況。

一切都跟速度有關。衝進門口，衝下第一層水泥階梯，然後撐跳到左邊，手頂地面翻下另一層階梯。然後以此類推，希望她衝出毒氣的速度夠快。只要把一點毒氣吸進肺部，她就會慢下來，接著就不能動彈，可能會把任務給毀了。

門把是個問題。她沒辦法同時壓著門把並以最快速度翻進門。

她翻找著手環裡的各種裝備，鐵絲、刀鋒、鉤子、海洛因、隨身碟、毒藥。

慢著。

鐵絲與鉤子。

她拿出這些東西，把鐵絲一端穿進鉤子，另一端繞在扁平的門把上，將門把往右拉，讓門栓離開鎖盒，然後把鉤子卡進門右邊的隔間牆。她放開手，鐵絲沒斷。她只需要鐵絲撐住五秒鐘。

五秒鐘已經是相當充裕的時間。

茱莉背靠在門對面的牆上，然後衝進門口。鐵門大力撞在空心磚牆上。當她雙手往前伸飛過空中時，她聽到**嗶嗶聲**，以及空氣噴射的**嘶嘶聲**。

毒氣裝置被裝在門口上方，有某種噴嘴指著下方——就跟她預測的一樣。她想像神經毒氣沾滿了她光溜溜的腳背與鞋跟……但這是不可能的，她移動的速度太快了。她沒問題，**好得很**。她的手掌拍過底下的樓梯間，重新取得平衡，立刻往左邊轉身，雙腳踩地，後空翻下階梯，她伸出的手掌已經等著要強力撞擊水泥地，讓她可以立刻往右轉身，然後她的雙腳再度感覺到水泥地，再往下空翻……

她告訴自己，這只是常見的空翻地板體操動作，就像一九八八年奧運會那樣。只不過這次沒有橡膠泡棉、夾板或是彈簧，沒有音樂，四周沒有裝防撞墊，也沒有編舞。

只有冰冷、毫不留情的水泥。

她可以辦得到。

她將會在翻滾動作中全程戴眼鏡。

因為她想要他們看到**一切**。

□

麥考伊終於走出了廁所，他瞇著眼看著筆記型電腦螢幕，坐進椅子裡。

「她真是令人驚嘆，不是嗎？」麥考伊邊拉牛仔褲拉鍊邊說，找著他黑色皮帶的扣頭。

「我頭暈了。」基恩說。

「她是怎麼錄影的？」

螢幕上的畫面是手持攝影機的夢魘：搖晃、模糊、在地板與天花板之間翻滾，空心磚牆猛烈做著一百八十度翻滾。

「她的眼鏡裡有攝影機。我看到她戴上眼鏡，在行動之前她讓我們看到三根手指。」

「三根手指。」麥考伊複述。

「但她在幹什麼？她撞進門的樣子活像某人正拿槍追著她。現在她又想要空翻下消防梯以取得奧運資格。她這樣逃脫很奇怪，她甚至還沒完成她的任務。」

但是麥考伊沒專心聽基恩說話，他的視線保持在螢幕上，在桌面上找著女朋友寄給她的厚厚檔案。「三號、三號。」他說，「對，就是伊森。」

「奇怪的事情是，她在發狂亂衝之前先處理了門把。」

「啊？」

「我說，她拿——」

「噢，」麥考伊話一出口就住嘴，「噢，對了。那時候你出去買一瓶護士女傭——」

「是『夜間護士』。」

「管他的。你沒看到被爆頭的約翰・甘迺迪[2]在會議上告訴他的員工，他已經在兩條消防梯都裝了沙林毒氣。」

「墨菲可真是個偏執狂。他為什麼不乾脆把門鎖起來？」

「裝了神經毒氣炸彈跟裝鎖一樣有用，所以我的小女朋友正拚命想跑得比死神快。沙林毒氣只會不斷往下跑，她可以比它跑得快，卻無法阻止它。」

基恩凝視著螢幕。

「好，就算是這樣，但她要跑去哪裡？」

「多此一問。」麥考伊說，「她是去找第三號。」

□

伊森・勾隱斯正在作關於愛咪的古怪春夢。他常常有這種夢。這些夢變得越來越熟悉，他腦袋的一部分可能相信他的確跟愛咪有過一段性關係。在夢中愛咪顯然想要，伊森也想要。通常在喝了太多酒之後，他會做這種夢。

但是在他們這一行，辦公室戀情就等於是自殺。這種戀情會立刻被發現，兩人會被拆散，被人抓住把柄要脅，大衛很有可能就會幹這種事。只有在下班後，他用酒精地毯式轟炸自己的肝——例如昨晚豪飲法國馬丁尼的冒險事蹟——然後他才會覺得工作並沒那麼重要。

而愛咪覺得工作非常重要。

在肉體上，他們最多只在參孫街的擁擠酒吧裡，在美耐板桌面下牽手。他們辦公室四個人一起去那家酒吧：伊森、愛咪、史都華，還有某個史都華想上的實習生。史都華忙著在實習

2 這是作者的黑色幽默。一九六三年，美國總統約翰・甘迺迪遭槍手射擊頭部身亡。

生的右耳廝磨，而沒注意到愛咪把手放在伊森的手上，她的手指牢牢與他交扣。伊森看了她一眼，彷彿是說：愛咪，你想幹嘛？她把他的手拉到桌子底下，雙手包覆著他的手。一直等到伊森確信史都華已經在注意他們，他才以上廁所為藉口離開。史都華從來沒上過那個實習生，伊森跟愛咪後來也沒再這樣互相撫摸過了。

現在他做的春夢有點不同。

愛咪包著太大的飯店浴巾，它很快就滑落。

唯一的問題是：她正在為現實中不存在的老闆工作，這位英俊老闆肌肉發達，連臉上的毛都隨時打理得整整齊齊。他也包著浴巾，那條並不太大的浴巾也溜了下來。

因為某個無法解釋的理由，伊森正跟這兩個人一起站在這個飯店房間裡。

（就算是現在，伊森知道他正在作夢——事實上，他知道他正昏倒在消防梯的灰色水泥樓梯間，喉嚨上插著一枝筆。但是愛咪包著飯店浴巾的夢境太過吸引人，讓他想要在那裡多留一會兒。）

裸體的俊男對她說：「想在我開會前先來一下嗎？」

伊森感覺到真正的恐慌。他不知道愛咪會說什麼，她的回應讓他鬆了口氣——

聽起來很吸引人，但是你得去開會。她在他的夢中說。

她的話友善但簡短。

然後老闆消失了，愛咪躺在床上，她身上的浴巾已經滑落。她看著伊森，伊森看著她的胸部，曲線的尖端是完美的粉紅色乳頭。他從來沒看過她的胸部——可是在夢境的邏輯中，他對她的雙峰就像對他家前門一樣熟悉。

她把手放在他的臉上，然後對他說：

「充滿愛意地看著我。」

在真實世界裡，某人正摸著他的臉，然後摸他的手腕。

伊森知道現在是怎麼回事；他並沒有幻覺或是精神解離症狀。某個人——可能是大廈的保全——已經發現他昏倒並血染樓梯間。保全也許看到那枝筆而嚇了一跳，正試著要看他有沒有脈搏。

但伊森想要繼續幻想，愛咪撫摸他的臉乞求他看著她。

愛咪在哪裡？

她還好嗎？

「老兄！你醒著嗎？」

噢，是的，我醒著。我回到我那中了神經毒氣的身體，還胡亂做了氣管切開術。我寧可跟愛咪躺在床上，連飯店浴巾都不裹。但是不行，我人在這裡，努力壓抑著伸手摸你乳頭的衝動。

伊森甚至還睜開流血的眼睛來確認他還清醒。

老兄，我還活著。

□

茉莉翻滾轉身，直到真實被化約成一連串單純的事件：她的手掌拍擊水泥地，接著沒穿鞋的腳底拍上水泥地。一次又一次，在她心裡的某處，她邊翻下樓邊計數。她並沒專心數數字，她知道她的心智在她接近的時候會警告她。她專注在水泥地上。

如果警衛比她先找到了伊森・勾隱斯，他們就會把他帶走，一切就毀了。

因為她讓一名員工逃脫，行動失敗。

那麼她的母親就會生不如死。

□

電梯來了，文森走進去打算要按十六樓，但是他的手指懸在空中，食指尖離白色塑膠方塊只剩一點點距離，只要輕輕按下它就會發亮。

快點按下去。

快一點。

好吧，他願意對自己承認，他正在拖延時間。

他知道這次的狀況跟一年前他在喜來登遇到的完全不同。上次是：讓家庭糾紛平靜下來。這次是：有個傢伙倒在樓梯間，喉嚨插著一枝筆。完全不同。

但是那種恐懼又回來了。

就像大家所說的，這一次更是變本加厲。

「簡直太蠢了。」他朗聲說。他按下按鈕。

當電梯下降時，他感覺到自己的胃已經先掉落好幾層樓。

□

茱莉降落在保全的身上，更精準地說是他的背上。她的雙腳鑽進保全的身體，他的臉撞上空心磚牆。他亂眨著眼邊往下滑，牆壁粗糙的表面邊割花他的臉。茱莉迅速恢復平衡。儘管裁判們可能會扣她幾分，但她的落地動作還是相當有水準。

伊森不敢相信他所看到的。

茱莉‧路易斯。大衛安靜的小助理，她翻滾下水泥階梯，一踩就讓警衛昏過去。然後再看看他。他可以用喉嚨為支票背書。

茱莉檢查了那個警衛，確認他已經失去意識，把注意力轉回到伊森身上。

我的天，她是來救他的。有誰能想到會是這樣？

他努力用眼神說話：聽著，茱莉，看到這枝筆，你也許知道我的狀況，所以你需要先開口說話。

某次臨時起意的中午聚餐上，伊森曾經坐在茱莉旁邊；大衛發現了二十街上這家新的印度

我的天，她是來救他的。

餐館，把能帶去的人都拉去嘗試薑黃咖哩蒸飯、腰果醬咖哩海鮮與坦都里烤雞。伊森三度嘗試跟茱莉聊天，但這三次嘗試所受到的歡迎，大概跟伊森腸胃歡迎腰果醬咖哩海鮮的程度差不多。（儘管來告他；他的腸胃很敏感。）茱莉就是不太愛說話。

顯然她喜歡的，是翻身下水泥樓梯，並把保全打昏。

「樓上的保全設施遭到入侵。當事情發生時，你剛好被鎖在外面。大衛已經死了，他在死前把領導權交給我。」

大衛？**死了？**

慢著。愛咪才是副手。

伊森把手放在茱莉的前臂。他需要找方法問愛咪的事。

茱莉彷彿可以讀他的心。「正常來說，愛咪・費爾頓會接掌領導權，但是她殺了大衛。現在她失蹤了。」

不，這根本不可能。愛咪？殺掉**大衛？**

「整層樓都被封鎖，但是當我發現你消失了，我成功穿越沙林毒氣炸彈——我相信是愛咪・費爾頓裝設的，目的是把我們困住——然後下來找你。」

愛咪？她是叛徒？

不，不可能。

昨晚我才跟她出去玩，喝法國馬丁尼，和往常一樣壓抑對彼此的性慾。如果她是叛徒，我應該可以從她的眼神看出來。

伊森的心中突然充滿疑問，他卻無法說出任何一個問題，讓他快瘋了。

他需要帶茱莉到安靜的房間，遠離大廈的保全，拿筆記本跟筆——不是像插在他喉嚨上的筆管，而是有墨水的原子筆——然後拷問她。在行動之前先把事實搞清楚。然而有一件事很清楚，他們需要私下行動，不受外界的干擾。

這家公司正在崩壞中，如果愛咪已經被解除職權，他必須接手領導。

「大廈保全**不可以**被扯進來。」茱莉說，彷彿讀出他的心思，「大衛明確地表示這一點。」

話才剛說完，樓梯間上層的門就傳來短而尖銳的聲音，就在十六樓的入口。

某人在敲門。

大廈保全涉入了這件事。

□

文森應該立刻打開門，但是恐懼又排山倒海湧上他心頭。快點，文森——你的同事就在這扇門後，戒護著一個打破窗戶並刺自己喉嚨的廢物。盡你的職責去接班，**現在**就去。

但是文森還是擔心那頭人猿。

他的餘生都會被這頭人猿跟著。

把人猿關進籠子，做你的工作。

□

茉莉**現在**必須行動。一個保全失蹤已經夠了，要是有兩個失蹤，整棟大廈都會進入警戒狀態。

好，把伊森拉起來，讓他靠著牆壁。

等一下。

這樣不對。要是有人從那扇門進來，就會看到伊森的紅眼睛與喉嚨的傷口。

讓他轉身，撐住他的重量，想想辦法。

快點想。

透過她眼鏡觀看這一幕的人，是否可以看出她正在恐慌？這是今天早上的頭一遭，她的臉是不是正在顫抖？

她迅速往前靠，在伊森耳邊悄聲說：「配合我的話做。」她說這句話是為了增進兩位觀眾的信心，讓他們知道她已經控制了局面。

雖然她並沒有控制局面。

另外一個考慮因素：沙林毒氣。如果伊森已經中了毒，她仍有吸進毒氣的風險。她的喉嚨也可能封閉起來。

只剩下一個選項。

茉莉吸進足以撐大肺部的空氣，但還不至於把肺撐爆，然後她把伊森從水泥樓梯間扶起來，讓他靠在自己右邊的肩膀，他並沒有提出異議。

她也對昏迷的保全做同樣的事，但讓他靠在她左邊的肩膀上。

三人行。

保羅要是還活著的話，應該會覺得這事很怪誕。

她移身到另一邊，一腳踩上往下的第一階。

□

文森開了門，看著下面的樓梯間。

他什麼都沒看到，瑞克德不見蹤影。

慢著。

並非如此。

樓梯間有個跡象，並不是好的跡象。

像是血跡。

文森已經張開了嘴，卻念頭一轉。萬一瑞克德遇到麻煩怎麼辦？大喊他的名字並沒有好處，也許會讓拿槍抵著他頭的瘋子惡向膽邊生。

聽聽文森的話，什麼被槍抵著頭。他根本不知道出了什麼事，就已經在預設最糟的狀況。樓梯間的血跡可能是那個喉嚨插著筆的男人留下的，也許那個男的全身顫抖，也許瑞克德把他帶到十五樓，從那裡搭電梯去大廳，幫那個男人求救。

那為什麼瑞克德沒有用無線電通知他這件事？瑞克德知道他正在趕來的路上。

因為他的頭被槍抵住，這就是原因。

別再這麼想。

文森伸手去把掛在腰帶上的無線電對講機扯下來。

□

茉莉聽到有東西被啪一聲扯下來的時候，她已經往下走了五階，然後她聽到水泥地的腳步聲。

那啪一聲是什麼？

不是槍被拔出槍套的聲音。是警棍從腰帶解下來的聲音？這棟大廈的保全並未攜帶警棍。

然後它撞到她的臉頰，它一直掛在昏迷保全的腰帶上。

對講機。

它突然爆出雜訊開始運作。

□

三千五百哩外，麥考伊嘗試做一點數學。

「第三號目標是個大個子，可能將近兩百磅。那個保全看起來至少也有這個體重。天啊，基恩——她的肩膀正扛著超過四百磅的體重。這種事情有可能嗎？」

「顯然不可能。你看。」

從茉莉眼鏡傳來的畫面停在一個地方，伊森•勾隱斯——第三號——進入鏡頭。他被放在水泥階梯上，看起來很困惑。

「她在幹什麼？」麥考伊問道。

「我認為三號也不知道這是怎麼回事。」

□

文森聽到瑞克德的對講機傳來雜訊，它就在下面不遠處。

「安迪！」他大喊，走下樓梯，從腰帶裡拉出灌鉛橡膠棍。市場街一九一九號大廈並不武裝保全，因為高層經理人太害怕武器了。他們不想要在警察國家裡工作。

他就只有一條橡膠棍，而且還是最弱的一種：扁平的橡膠棍尖端有鉛塊，握柄裡沒有彈簧。

如果有人用槍指著安迪•瑞克德的頭，橡膠棍絕不是對手。

□

茉莉把無線電交給伊森，希望他可以理解她的用意。她舉起一根食指，表示一分鐘。我一分鐘後會回來找你，也許她可以先把這個保全藏起來。

伊森點頭。

上層有人大叫：「安迪！」

茉莉繼續往上走，保全還靠在她的肩膀上。她必須下決定，到底是她母親的性命要緊，還是這些保全的命要緊。

當然，她別無選擇。

這麼做將會違反她接到的命令，會讓任務陷入危機——在某種程度上。一開始她聯繫男朋友的時候，她問到任務的優先目標為何。答案是：首要是執行指令，第二才是實驗新手法。如果她繼續進行實驗，就會讓任務陷入危機。

如果他們真的在看這一幕的話——男朋友跟他的助手們——他們就必須理解她的理由，也必須核准她的行動。

茉莉停在階梯的中間，把保全抬起來丟到下一層樓梯間。她的背部放鬆之後非常疼痛，她想要倒在樓梯上，希望肌肉痙攣能夠消失。

但是現在沒有時間做這種事情。她走下幾步階梯，跪在伊森旁邊，他睜大眼睛訝異地看著她。他可能心想她在搞什麼鬼。在他分散另一個保全的注意力時，她本來不是要把這個保全藏起來？

「伊森，」她悄聲說，「我要你知道一件事。」她輕柔地把手放在他頭部兩側。

也許她還是可以挽救實驗的一部分。

也許這算是額外的功勞。

她身後傳來一個聲音：

「小姐，離開那男人的身邊。」

□

文森察覺到他手中的橡膠棒根本沒用。

這並不是因為他要對抗的是槍，而是因為對方是女孩子。年輕女子。

她穿著裙子，留長髮，沒穿鞋子，看起來不超過二十一歲。唉，文森的兒子不出幾年就會開始跟這個年紀的女生約會。

她就在這裡照顧著她受傷的男人——對，瑞克德說的沒錯，這男的脖子上確實插著一枝筆。這是怎麼回事？

但是在一瞬間，文森突然對現況有了清晰的理解。粉碎的玻璃、瑞克德的訊息、這兩個年輕人、消防梯……所有的一切。低預算的辦公室偷竊行動失敗了，就這麼簡單。她可能在這裡工作，在三十一樓以上的辦公室裡當助理什麼的。她的穿著的確也像這裡的員工——裙子與襯衫。她的收入只比最低工資高一點，也許跟父母住在一起。她跟這個毒蟲交往——他是個身無分文的理想情人。有一天，毒蟲決定他需要現金去買快樂丸，或是需要本錢做生意，他說服年輕的女友幫他潛入她的公司，偷幾台筆記型電腦、一點現金什麼的。也許案情比這嚴重一些，說不定她知道保險箱的密碼。

但是作案過程出了狀況，毒蟲被什麼東西嚇了一跳，意外打破了玻璃。她很恐慌，兩人爭吵。他突然全身痙攣，因為他是嗑藥的毒蟲。她知道她得讓他吸得到空氣，她替他作了快但粗糙的氣管切開術，救了他的命。這個不知感恩的瘋子逼她抬著他走下消防梯，希望可以安全逃脫。他們撞見瑞克德，她拜託他求救。瑞克德呼叫文森，文森同意了。這個絕望的女生把瑞克德推下樓梯，希望可以全身而退，讓她的父母不會發現他們的所作所為。

現在瑞克德躺在底下的樓梯間，仍然昏迷不醒。

女朋友跟毒蟲就在那裡，意識到他們已經完了。

「小姐，」他用他最能安定人心的語調說，「我真的需要你讓開，然後我才能幫助他。」把他拘留起來。

但還是要救他。

這個毒蟲應該去坐牢，但是不應該在這裡死掉。

□

茉莉不理會那個保全，因為她必須告訴伊森的話很重要。

「愛咪正危險地掛在她辦公室的窗外。」她悄聲說，「她正等著你去救她。」

茉莉微微後退，等著眼鏡裡的光纖攝影機捕捉一切——他的反應、她的話語。也許這將會被證明是有用的。

也許這幾秒鐘的影像，足以讓她與男朋友恢復關係。

伊森的反應已經讓她的苦心獲得回報。他似乎憤怒得全身震顫，血液從他脖子的洞口滲出來，喉嚨裡有像是吐痰的呼嚕聲。其實他是試著要講話。

「小姐，拜託，退開讓我幫助他。」

茉莉接著說：

「我會讓她知道，你太忙了沒辦法上去。」

□

伊森不確定這是不是另一場夢，因為一切都不合理。因為愛咪是核心議題，所以這似乎像一場夢。但是一切感覺非常真實，他的指尖正壓著平滑的水泥地。

這個女人也不對，摸著他的人是**茉莉**。茉莉的手摸著他的臉頰，現在愛撫著他的頭，她的手只滑到他的頭顱後方，手掌撫摸著他的下巴。

茉莉？

茉莉．**路易斯**？

在她雙手同時一拉一壓之前的一秒鐘，伊森意識到她的動作與性無關。

她是要扭斷他的脖子。

Jamie DeBroux

詹米・迪布魯

~~Amy Felton~~

~~愛咪・費爾頓~~

~~Ethan Goins~~

~~伊森・勾隱斯~~

~~Roxanne Kurtwood~~

~~[illegible]~~

Molly Lewis

茉莉・路易斯

~~Stuart McGrane~~

~~史都華・麥克蘭~~

Nichole Wise

妮可・懷斯

那女孩確實依照文森的話做了，她退開毒蟲的身邊。但是有件事不對勁。毒蟲的頭歪向一邊，也許文森看錯了，但是他看到毒蟲全身痙攣，他女朋友的雙手放在他頭上。

「讓開。」他說。他需要去做心肺復甦術。文森不太確定對做了草率氣管切開術的人該如何做心肺復甦術——你要把大拇指壓在喉嚨的洞上？但是這並不代表他不會嘗試。

那女孩站起來，似乎要移開。

在她轉身面對文森之前，她一隻手抓住他的脖子，拉他去撞空心磚牆。她掐住他脖子的力道**極大**。

對文森來說，這是最糟的事件重演。一年又幾個月前在喜來登飯店，他意識清楚，明白他遇到了什麼狀況，卻無能改變任何事情。他張著嘴，無聲地大叫想要得到卻吸不到的空氣。他失去意識，腦細胞的氧氣逐漸被剝奪。

晚安，孩子們。一年前那個掐住他脖子的人說。他曾經跟那間房裡的夫妻講過話，後來他們消失了。這都是因為文森因為窒息而昏迷，進而無法保護他們。

現在同樣的事件又重演了。這一次勒住他脖子的不是肌肉棒子，而是個年輕女子。她看起來彷彿一陣溫和的春風就可以把她吹倒。

但是她的手勁就像鋼鐵。文森的視線裡已經出現灰點。

然後他想起橡膠棍。

他不是已經把它收進腰帶裡了嗎？

確實如此。

去拉出橡膠棍，扯出來。忘掉她是個女人，老查，她想要**殺了**你。把橡膠棍拉出來開始反擊，快一點做你的工作。

文森扯出了橡膠棍。

□

茉莉沒想到會發生這件事。

她對這個保全只用了一半的注意力，等著他因缺氧而昏迷。她把另外一半注意力放在伊森的屍體上，想著在完成任務之前，可以先把屍體藏在哪裡。但是慢著，她不能藏屍體。放火，應該要放火把一切燒掉，**包括**所有的屍體在內。如果他在下面，他有可能被發現。在他身上可以採到指紋，某個具有足夠動機的人可以——

她的臉感覺像是爆開了。

她的臉又爆炸一次，這一次是從另外半邊臉。她的頰骨碎了，她的眼鏡攝影機被打壞飛了出去，滑過水泥地，落下三步階梯，正面朝下。

這保全有根橡膠棍。

她頭骨可能的骨折並不讓她特別擔心，她更關切的是任務之後她的外型是否得以見人。她的長髮可以掩蓋子彈擦過的傷口，但是無法蓋住被重擊的臉。

被重擊的臉將無法讓她的老闆們留下好印象。

茉莉更用力地掐住他的脖子。這警衛抽動了一下，然後用橡膠棍痛擊她的前臂，立刻讓她從手腕到肩膀都失去知覺。但是茉莉拒絕放手，她試著要把他的武器搶走，但是棍裡的鉛塊打碎了她的指節。

他凶狠地再度舉起橡膠棍打她的臉，她的嘴唇被打破，嘴裡有顆牙齒碎了。

她更用力地掐他脖子，儘管她想殺了他，卻留心不要殺死他。保全不是行動的一部分，殺死他會被視為手腳不夠俐落。

噢，但是她殺人的欲望很強烈。她好久沒有感覺到這種嗜血的欲望，自從……

自從一九九六年起。

亞特蘭大奧運會。

失敗的痛苦。

茉莉・路易斯的本名不是茉莉・凱伊・芬內堤，而是阿妮雅・庫其錚，她正努力抗拒自己最卑鄙的本能，想要依照計畫完成任務。

如果是以阿妮雅・庫其錚的身分，她就不只會在幾秒內打斷這個男人的氣管，還會把他的頭割下來，用防水紙箱把頭顱寄給他的家人。她會查出最關心這男人的人是誰，然後用貨到付款的方式把頭顱寄給他。

阿妮雅・庫其錚已經花了很多年嘗試變成茉莉・路易斯。

現在是關鍵時刻，她不能放棄這個身分。

海倫・庫其錚的性命得仰賴這個身分。

□

三千五百哩外，螢幕上只顯示了一塊水泥地板的大特寫，然後畫面變成灰色的雜訊。

「怎麼回事？」麥考伊吼道。他拍了桌子側邊，彷彿這樣會產生什麼效果。

「我正在試另一台攝影機。」

「可惡！把大廈保全系統的訊號接過來。你可以辦得到，對吧？」

「我不知道，我不是技術人員。」

「找個技術人員來！」麥考伊克制住自己的衝動，「抱歉。」

「沒關係。」基恩說，「但是我什麼都沒發現。我們只有三十六樓那些攝影機的訊號擷取密碼，除此之外就沒有其他攝影機可用。我猜我們從未想到會需要其他的攝影機。」

麥考伊咒罵著。

□

文森感覺到自己的皮膚猛冒汗，他的肌肉開始顫動。他猜想這就是他生命的盡頭。在他生命最後的清醒時刻，他想著自己的兒子，以及兒子那些難以置信的陰謀論。如果他可以再見到兒子一面，他會把雙手放在兒子肩膀上——他記得自己的父親要講重要的事情時，也會做這樣的動作。文森會告訴兒子：**你說的對**。命運對普通人不利，你問的是正確的問題，上帝保佑你。盡可能繼續去質疑這些問題。

然後文森就昏過去了。

□

茉莉，阿妮雅，女朋友，這些都是她的名字。

但是當那個保全倒在地板上時，她往後退了幾步，她聽到最大聲叫喚的名字是：**受害者**。

她再度感覺像是受害者。不管她創造了什麼人格面具，不管她訓練得多辛苦，不管她學了多少東西。在她的內心深處，她的DNA上銘刻著這個字：

受害者。

受到淤傷。

被重擊。

她另一片嘴唇被打爛了。她吞著自己的血，感覺血液在胃壁上燒穿了一個洞。

別再這麼想了。仔細評估自己的狀況。

阿妮雅坐在階梯上休息，就在伊森屍體的旁邊。她的舌頭發現了另一片牙齒碎片。她用舌頭把它拉鬆，把血吸出來，吐在牆壁上。那口血自空心磚牆反彈，落在警衛的胸口上。來，這是給你的紀念品。

阿妮雅送你的。

忘掉受害者的念頭；她現在可以重新使用自己的本名。茉莉・路易斯已死。在丈夫睡著時把毒藥混進馬鈴薯沙拉以毒死他的那一刻，她就已經死了。「女朋友」呢？在她遭遇這令人難過的挫折之後，她不確定自己還能用這個綽號。

但阿妮雅・庫其銲還存活著。

提早吃午餐

你若是生氣，就沒辦法得到加薪。大家將會對你的負面情緒產生反應進而抗拒你。

——美國勵志成長書籍作家史都華‧韋爾德

三千五百哩外，麥考伊離開電腦螢幕前面，打開了冰箱。這是一台美國式冰箱——體積過大，冷凍庫大到荒謬的程度。麥考伊或基恩從來沒有冷凍過任何東西，冷凍庫裡只有一樣東西：冰塊。現在麥考伊挖出了一些冰塊，再放進平口玻璃酒杯裡，倒了滿滿的單一麥芽蘇格蘭威士忌。他舉杯喝個不停，彷彿他喝的是運動飲料。

在客廳裡，基恩凝視著他的伴侶。他討厭看到伴侶失望的樣子。

現在基恩想要走向他，嘗試鬆弛他背部與肩膀緊繃的肌肉。他壓力大的時候這些部位就會不舒服。

但基恩從過往的經驗得知，最好讓那男人獨處一會兒。

「我要出去一下。」他說。麥考伊似乎沒聽見基恩的話，他正忙著為自己再倒一杯威士忌。

你乾脆改喝蘇格蘭人好了？曾經在一個輕鬆的時刻，基恩這麼說過。

現在並不是開玩笑的時機。

基恩拿了裝著筆記型電腦與手機的手提箱，還帶了筆記本和紙張。他在酒吧僻靜的隔間裡，也可以做一些杜拜行動的工作，就像在自己的公寓裡一樣。接下來的一個半小時，他不需要打開監視系統。

酒保對他點頭，給他一包洋芋片跟冰涼的柳橙汁。基恩也許是方圓十哩內唯一一個不碰酒精或紅肉的蘇格蘭人。他喜歡讓神智保持清醒，讓身體維持苗條。當他剛入行的時候，那時他有另一個姓名，他告訴自己喝酒是必要的，酒可以把黑暗面鎖在箱子裡。慢慢地他意識到，酒精只會讓黑暗面更強大——更肆無忌憚。最後，酒精把他連同黑暗面一起鎖進箱子裡。他不想再有這種經驗了。

當基恩首度遇到麥考伊，他的滴酒不沾讓麥考伊很訝異。

「你是蘇格蘭人？而你竟然連啤酒都不喝？」

基恩聳肩。

「酒後做愛看來是沒希望了。」麥考伊曾說。

他們的關係很複雜。

基恩試著要處理杜拜方面比較難搞的細節，但是他的心不斷溜出酒吧門口，走到下一條街，爬上四層階梯，回到麥考伊與他的「女朋友」身邊。他癡癡地想著：為什麼他選了這個代號？

然而讓他最困惑的，是那個人稱大衛・墨菲的退役情報人員。

一段時間之前，麥考伊曾經告訴基恩關於墨菲的事；讓他成名的一役是在九一一事件前兩年，他阻止了一樁類似的恐怖攻擊陰謀。當時柯林頓還在位，科倫拜高中大屠殺[1]事件還讓美國震撼不已。這樁恐怖攻擊計畫混合了兩種手段：派自殺炸彈客到十二座美國城市，從頭到腳都配戴了武器，而炸彈被接到能感應脈搏的手錶上。炸彈客接到指示去選擇人潮最多的地點，亮出武器——最好是戰鬥步槍。（回教聖戰主義者曾**認真地**關注科倫拜大屠殺。）盡其所能地殺掉越多人越好，只在重新填彈時停止開火。等到警方或是武裝的平民把**你**打倒之後，開懷地頌唸阿拉，因為手錶將會告訴炸彈你的脈搏已經停止，**它**將會炸死警察與急救人員。

無論如何，墨菲是從一名線民那兒聽到風聲，他逮捕了一個即將擔任炸彈客的人，然後問出了整件陰謀的情報——參與者姓名與地址——他使用的偵訊方法直到現在還是未被揭露。

因為揭穿了這件陰謀，墨菲許多的罪過都被抹消。

九一一之後，墨菲加入了一個沒有名字的組織。某些愛開玩笑的人稱它是「ＣＩ６」。這名稱是個笑話——把ＣＩＡ與英國情報單位ＭＩ６併在一起。這兩個情報單位都與這個無名組織無關，除了謠傳之外，兩國情報單位對ＣＩ６也所知不多。ＣＩ６是完全不同的怪獸，是最黑的袋子裡最黑的口袋，在任何政府的預算書裡都看不到它的存在。

基恩聽說的謠言是，ＣＩ６源起自華府十八街上，「女士的管風琴」酒館樓上擁擠吧檯的

1 一九九九年，科羅拉多州這所高中的兩名學生，持槍濫殺師生，造成數十人傷亡。

一個笑話。

這個故事被複述越多次，細節就同時間變得模糊又被美化。目前有一個版本說，整件事是從一場賭注開始，就像越戰一樣[2]。但可以確定的是，某個具有政治影響力的人跟一個有國會遊說影響力的人碰頭，那一晚他們喝了太多杯藍帶啤酒——拜託，這是藍調酒館，難道你要他們在老百姓當中啜飲昂貴的藍牌約翰走路威士忌？——他們開始談到要怎麼對付這些天殺的恐怖分子。不過在煙霧瀰漫之中，恐怖分子這個字被發音成恐怖糞阻，例如：**我們得阻止這些該死的恐怖糞阻**。

稍晚這兩人搭車去參加一場船屋派對，一個概略的計畫成形了。祕密預算已經弄到手，任務的類型也決定了。

「這個單位就像CIA跟MI6喝醉了一起上床，然後隔天他們都守口如瓶。」

因此這個單位的代號就是CI6。

你要是喝了夠多的藍帶啤酒，你也會覺得這個名稱似乎很好玩。

這個酒醉的夜晚所產生的祕密單位，並沒有官方的名稱。

這兩個催生者並沒有看到他們的孩子踏出第一步；沒多久那個政治權謀家陷入了一件國會山莊醜聞，立刻以速件被踢出華府，那個遊說客也被醜聞漩渦牽扯進去而垮台。但是其他的人接手催生這個剛成形的小生命，教育它、發展它。這個嬰兒成長迅速。

這嬰兒成長的速度太快，它很快就遺忘了它的父母們。

這嬰兒長得太大，它忘掉自己的某些部分，就像個學步的娃娃在古董店裡亂跑。這個娃娃不知道亂揮手臂會打碎珍稀的茶杯與大餐盤。反正這些東西都很無趣，好玩的是**四處亂跑**。

像大衛·墨菲這種人，是這個娃娃重要的一部分。

表面上，墨菲退休並創辦了一家金融服務公司，讓他在傳統情報界裡的粉絲很訝異。他們的反應是，啊？什麼？

他把公司命名為「墨菲—諾克斯」。

就連公司名稱也是在開玩笑：諾克斯（Knox）=NOCs，中情局稱呼「非官方掩護」（non official cover）的行話。墨菲與他的NOCs。

墨菲很快就成為ＣＩ６的關鍵人物。

基恩一看出他可以發揮多大的功用，就也跟著成為ＣＩ６的重要人物。在這種情報單位裡工作，他可以擁有更為巨大的權力。

但是墨菲到底是突然間扯上了什麼麻煩，讓他必須把他的掩護公司消滅掉？而且還要殺掉不少員工，其中包括數個情報員？

這就是ＣＩ６這個娃娃的問題所在。看不見的結構意味著朦朧的自我存在感，缺乏責任感。

2 有論者認為，美國總統詹森大舉投入越戰是一場失敗的賭注。

像墨菲這種人會因為一時興起，而去把整間公司徹底毀滅？

當然有可能。

但為什麼？

每個人都知道這件事嗎？

麥考伊在這個面向幫不上什麼忙。女朋友讓他完全不能專心，他比較關心的是招募新員工——他老喜歡說「培育人才」——而非任務運作。基恩無法抱怨；他們就是如此相識的。基恩以前喜歡被人追求。但是現在，他擔心他的男人在這個行動上會見樹不見林。

基恩打開筆記型電腦，按了手機。他叫酒保不停給他送上柳橙汁。

□

大衛想像著自己身處「哇哇」便利商店，他瀏覽著貨架，他有無限的任務預算。他可以採購微波漢堡、義大利潛艇堡——費城人稱這種三明治叫「hoagie」——加上大塊的農家乳酪，嗯，潛艇堡突然顯得很吸引人。如果他可以從地板上爬起來，解決所有需要處理的事情，他會把電梯修好，然後下樓到一樓大廳，走到二十街。只要往南走一個街區……好吧，其實是往南兩個半街區，如果你把市場街下面那條愚蠢的小街也算進去的話……就在二十街與栗木街之間有一家「哇哇」。他有時候午餐時分會溜去那裡。像他這種地位的男人，應該是在市場西區熱門餐廳吃飯。其實他討厭那些餐廳，名字花俏，一個起司漢堡要賣九塊美金。

他寧可在某個普通的地方買午餐，用牛皮紙袋包回辦公室，關上門大吃一頓。「哇哇」是他最喜歡的地點之一，冷凍奶製品區就在右邊牆壁旁。他可以看到一堆脂肪含量百分之二的農家起司，藍色塑膠盒被擺放在中間。奇怪的是，全脂農家起司很膩，脂肪含量百分之一的又酸性過高。百分之二最完美，又大塊又綿細的人間美味。

某人碰觸了他的臉。

「我知道你還活著。」

一個女性的聲音。

他算是可以認出這個人是誰。

「我會讓你醒過來，但是先警告你：這會很痛。」

痛？

痛有什麼關係。

只要他可以醒過來，找到藍色塑膠盒裝的「哇哇」百分之二農家起司，盒子已經打開，塑膠保鮮膜已經被拉開，白色的塑膠叉溫柔地插進起司塊側邊。

還有餅乾，大量的納貝斯克牌蘇打餅乾。

□

妮可把腎上腺素針筒舉在大衛胸口上方兩吋處，然後往下一刺，用大拇指壓下活塞。

超大劑量的腎上腺素——所謂的「打架或逃跑」荷爾蒙——被注入大衛的心臟，閃電般流過他的循環系統。

注射之後並沒有立即的反應，得等上幾十秒。

但大衛很快就吐血並抽搐。

然後他說：

「……**餅乾**。」

詹米發現他已經摒息以待了整整一分鐘。

妮可連一秒都不浪費，她把空針筒丟到會議室一角，然後把左腳放在大衛的喉嚨上。儘管他仍然在恢復意識的過程中，她用的力道已經足以讓他開始微微扭動。

「把一切都告訴我。」她說。

「不能……呼吸……」

詹米摸著妮可的肩膀，「嘿，你也許應該小力一點……」

妮可把詹米的手拍開。「別碰我。」然後對大衛說，「說出一切，否則我就把你的脖子踩斷。」

「好……啊。」

妮可稍微減低力道，就詹米看來，大衛的脖子還是很有可能被踩斷。

儘管遭遇了過去三十分鐘所發生的事，詹米仍然驚魂未定。如果你昨天打電話到他家告訴他，他將會看到妮可在會議室裡用腳踩著大衛的脖子，而且史都華的屍體躺在角落，詹米一定會大笑。好吧，其實他會有點希望這會成真，但是大致上來說他會大笑。

現在這件事真的發生了。一切看起來都有高反差打光的超現實感，比真實還要真實。完全不可能成真的事件就在眼前。

妮可說：

「誰下的命令?為什麼?」

大衛微笑，令人覺得有點恐怖，因為他的眼睛還閉著。

「你覺得是誰?」他問道。

妮可的腳增加壓力，大衛畏縮了一下。

「我不是在問我的想法。我是在問你知道的事。現在告訴我，然後我就幫你找醫療人員來。你若是拒絕，我就會是你這輩子最後一個看到的人。」

大衛看起來彷彿吞了口口水，「我以前會對著你的臉自慰。」

妮可的臉閃過一抹冷笑，她把腳移開，跨坐在大衛的身體上，兩隻手放在他頭部的兩側。她把他的頭轉向面對她，她的大拇指放在他的喉嚨上。

「大衛，是誰下的命令?誰要我們全部去死?」

「大女孩，就是你眼前的這一位。」

妮可搖頭，「你上頭還有人管你。」

「至少我不是奸細。」

「你的上司是誰？」

「洞洞很濕的奸細，妮——可。」

她的大拇指用了更大的力氣，大衛喘不過氣來，但還是繼續講話。

「妮可，你的能力還差太遠了。你認為為什麼你難以滲透我的組織？但我打賭我可以插進你的身體裡。」

「告訴我茉莉的事。」

「噢，對，她。」

「她是誰？」

「我知道的跟你一樣少。」

「騙子。」

妮可把雙手拿開，在會議室裡繞圈踱步。

「樓層封鎖呢？告訴我要怎麼解除。」

「既然你在下命令，」大衛說，「我也要對你下個命令。我要一個大麥克漢堡，兩片派、特殊醬料、萵苣、起司，所有好吃的東西。」

妮可一拳打中他的臉。

□

大衛心想，這真是大膽的舉動——我頭部已經中槍，還給了我臉部一拳。一顆子彈卡在顱骨，很輕易就可以鬆脫掉進大腦組織裡，讓大衛變成會議室地板上淌血的一塊屠宰牛肉。

也許妮可並不在乎。

也許他開「洞洞」的玩笑有點太過火了。

也許過火的是他命令她去買大麥克。

其實大衛並不想讓人覺得難相處。好吧，也許他是有點難相處，但千真萬確的是：他非常飢餓。他現在感覺像是餓了好幾個月，體內的飢餓已經變形為持續存在、有感覺、無法被滿足的東西。對他的胃說不，就像是叫他的肺不要渴望空氣一樣。

他不知道這是為什麼或如何開始的，但某一夜他開車回家時，他意識到有件事不對勁。他把車開進杭丁頓公路邊的貝圖齊披薩餐館，點了兩個滿滿都是料的大披薩，還有三份大蒜奶油麵包棒，然後他把這些戰利品運回他家的廚房桌上，在一個小時內有條不紊地把食物全吃下去——每一絲麵團、起司、曬乾的蕃茄、冬菇、紅椒、黑橄欖與香腸碎末。他沒邊看電視或報紙，完全不想今天的工作。什麼都不能分散他對披薩與麵包棒的注意力。

凌晨兩點，大衛已經起床，還吃了六條放在冷凍庫的士力架巧克力。

此時是六月初。

自從那時候起，他的暴食行為就會無預警出現——他的高張性慾衝動也是。他總是去找妓女或脫衣舞孃，在他車裡或是在據稱是高檔性俱樂部的香檳包廂裡。大衛必須打電話給銀行，要求把他的提款機取款額度從七百塊美元調到一千。他從來不知道他會被衝動凌駕，在香檳包廂裡，七百塊並不夠用。

公司裡沒有人懷疑到他的怪異行徑；他的員工很少到郊區的熟食店、連鎖餐館或是磚爐現烤披薩店去買吃的，他們也罕去市中心的脫衣舞夜店或戀物癖色情俱樂部。

光看大衛的外表，你也看不出來有何變化。他的體型還是一樣，肌肉精壯又結實——基本上與他當賓州大學新鮮人那天的體格相同。他的新陳代謝總是有效率，現在以超快的運轉速度來處理大量湧入的卡路里。

他的陰莖擦破了皮，但是連這部分都復原迅速。

大衛開始懷疑自己是不是快瘋了。

在他這行，大家都知道有可能會心智失常。

到了七月下旬，大衛決定要消除自己的飢餓感。他認為這與壓力有關，他需要為自己的身心解毒。他私下探詢了一下，決定要去印度南方的阿育伏陀水療區，那裡徹底的五業排毒療法也許正能幫助他戒除暴食欲望。他已經訂好機票與套裝療程，並叫愛咪・費爾頓代他處理事情；他藉口說突然接到指示要出差。當時正值印度的雨季，遊客們在這個時節會避免去印度南方，但是對大衛的目的來說，這是完美的時機。他需要嚴酷的環境，也需要喝稀粥當晚餐。清晨密集瑜珈課程，強迫嘔吐，用水蛭放血治療，搥打按摩，藥草蒸汽浴。最後是頭部淋油淨化法，溫熱的油持續緩慢地倒在你的額頭上，這種療法有可能會讓人發狂，它簡直是中國水刑的印度版，令人非常痛苦。

十四天後——療程所需的最少停留時間——大衛顫抖著離開了這個度假區，但是充滿了希望。

在回家的路上，他先到德州奧斯丁去補充一下能量，吃了五個鬆軟烤豬肉三明治配薯條，喝下大量冰涼的喜納波克啤酒，讓他酒醉到必須在機場旅館睡一晚。隔天早上，他吃了四份培根蛋、可頌麵包與特濃咖啡。

他的飢餓深不見底。沒有希望了。

過了幾天，他接到指示。

然後他明白了。

他的身體以某種方式已經預期到這一切。他耗費五年心血建立「墨菲—諾克斯」公司，現在需要被全部毀掉，包括他自己在內。

所以一切都合理了。他的身體只是想要在他闔眼斷氣之前，盡量體驗各種最後的感官細節。等到厚重的黑幕蓋上他的臉，他大腦裡的資料庫就一閃變成虛空。

不管妮可・懷斯在不在乎他的性命，有件事情比這更重要。他自己也不在乎，最重要的是完成最後的任務。

大衛把他們留在這層樓越久，任務就越可能完成。

他亟需最後一次成功的程度，就像強烈飢餓感一樣。

□

急速從消防梯翻跟斗下到十六樓之後，阿妮雅的手掌跟腳掌仍然灼痛。但是跟回到三十六樓的疼痛比起來，那根本算不了什麼。

過去三十分鐘所發生的種種事件，已經讓她的身體付出很大的代價，更何況她以「茉莉・路易斯」的身分度過數年平淡生活，已經讓她的身體不如從前強健。她努力保持她基本的力量，很大的程度上是仰賴頻繁地上離她家最近的連鎖健身房。保羅一直很支持她健身，每年耶誕節都幫她交會員年費，然而他自己卻放任腰圍與下巴鬆弛。在床上，他一直稱讚她的身材——如此結實又有柔軟度。保羅會建議各種體位，她接受的理由只是為了練身體。困難的地方是讓他保持堅挺，通常在她的心跳還沒加速的時候，整件事就結束了。比起保羅的生活飲食習慣，這個小小的床上運動根本微不足道，他長時間坐在電漿電視前，持續大量吸收碳水化合物、糖分與脂肪（這些是保羅三餐愛吃的菜色之主要成分），披薩、外帶中國菜以及他最愛的波蘭馬鈴薯沙拉。

因此，她與妮可・懷斯的戰鬥——應該不能稱戰鬥，只能說是一個伸展長久沒用的肌肉的機會——讓她耗費了比自己預期更多的氣力。

過去十分鐘內她的身體也受了不少折磨——身體翻下無數的水泥階梯，把兩個男人的身體抬在肩膀上，拉斷一人的脖子，忍受灌鉛橡膠棍的打擊——大幅度地讓她的身體變弱。

阿妮雅，你是怎麼回事？

阿妮雅，曾經是可能問鼎奧運金牌的選手。

阿妮雅，她的身體是她最大的痛苦來源，也是她脫身的關鍵。

但是從南面消防梯爬上去，右肩還扛著伊森・勾隱斯，無數階梯接著無數階梯，她感覺到自己越來越虛弱。

她已經穿過電梯間來到南塔，以遠離沙林毒氣，但是爬樓梯並未因此而變得更容易。

也許最糟的是伊森的頭從一邊晃到另一邊，就像顆裝在麻袋裡的保齡球吊在你肩膀上。重力把頭顱拉到一邊，然後換另外一邊，然後又以不同的方式拉著它，無法預測。

阿妮雅用三十六樓將會發生的事來安慰自己。如果那些監看她的人滿意她在樓梯間的表演，那麼她所需要完成的事情就剩沒多少了。

阿妮雅只需要鬆開吊著愛咪・費爾頓的腰帶扣，把她拉進她的辦公室。阿妮雅相信她應該已經活生生被嚇死，如果還沒死，就再折斷她的脖子，讓她去天國跟她深愛的伊森重逢。

大衛在會議室裡，癱瘓不能動彈，等著最後的拷問。她需要問他三個問題，然後她也可以了結他的性命。

然後就該是收拾詹米的時機。

最可能的狀況是，他已經暈倒，仍然在她把他丟下的空辦公室裡。如果他走出了辦公室，他只會發現恐懼。無論是哪一種狀況，她都會在三十六樓的某處找到被馴服、等著救援的詹米，等待著**她**去救他。他的手需要治療，但不需要很長的時間，因為阿妮雅剖開他手指的刀法乾淨俐落。等到他的傷口癒合，她會親吻那些傷口。她的嘴唇會是他所感覺到的第一個感官刺激。她將會鼓勵他再度重拾筆桿，寫他想寫的東西，而不是寫新聞稿。

在歐洲，他可以自由地寫自己想寫的東西。

她希望他跟她的母親能夠相處愉快。

□

妮可決定先從手指下手。也許他是真的癱瘓了，也許他一點感覺也沒有，但是她要讓他說出現在到底是什麼狀況。喔喔，大衛，你的無名指沒了，你的小指也差不多斷了。你想要試試看大拇指嗎？過了一會兒，他就會開始在乎。

然後開始告訴她，要如何才能解除這層樓的封鎖狀態。

「老天，你在幹什麼？」

雄蜂詹米，看著她拿槍對著大衛的手，把槍管抵在食指連接手掌之處。

詹米防禦性地雙手互抱搖晃著。

「你不可以這麼做。」他說。

「你難道不想逃離這裡？」妮可問，「我需要他開始給我答案。」

她扣下扳機。

幾乎在同一時間：「不要！」

□

大衛感謝詹米的關心，真心感激。但並沒有必要關心他，因為他脖子以下幾乎都是麻木狀態。

因此，他的身體只是隱約知覺到手指沒了。一根手指可不是可以輕鬆對待的東西，尤其是他的食指——它是人類比較有用的其中一根手指。反正大衛也沒辦法移動他的手，他對身體這麼說，他的身體聳聳肩，然後說：嘿，這可是你的身體。

大衛咬緊牙根，假裝正在承受某種痛苦，他甚至還臉部抽搐。直到生命的盡頭，他還是喜歡表演引人注目。

莫斯科法則是怎麼說的？

利用誤導、錯覺與欺瞞戰術。

「接下來是你的大拇指。」他聽到她這麼說。

當然，這是很自然的順序。

也許她計畫把十根手指全轟掉，這樣就太美好了。妮可花越多時間刑求他，她能逃出這層樓的時間就越少。這是他現在唯一在乎的事情；在炸藥爆炸之前，所有人都留在這層樓。

「大衛，你有兩秒鐘可以決定。」

他瞥了自己的手一眼，然後看到妮可拿槍指著他大拇指的底部。她提早使用了最令人疼痛的手段。最好是從小指開始，因為當你感覺到失去小指有多痛，失去大拇指或食指的痛苦會變得似乎深不可測。

不過算了，這是她的場子。

大衛已經不再是她的導師了。

同時間，詹米看起來正在反胃。

「詹米，」他說，「如果桌上還有香檳和柳橙汁，我建議你給自己調杯酒。」

大衛寧願看到詹米睡著，也不要看到他活活被燒死，或是更慘——試著從窗戶跳出——

砰！

啊。

大拇指也沒了。

□

三千五百哩外，麥考伊終於找到方法可以擷取大廈的保全攝影機訊號。北側消防梯裡沒什麼令人感興趣的東西，他在南側消防梯發現他想找的人。

女朋友。

她把伊森‧勾隱斯的屍體一階又一階往上拉，這應該是件苦差事，但麥考伊知道——女朋友也知道——把他的屍體丟在消防梯是行不通的。屍體必須在三十六樓，跟其他的幾具屍體一起焚燬。這才是任務的內容。

他也知道女朋友一定相當失望——她本來對伊森有其他的計畫。

她一定有些憂慮。她到目前為止的試演表現很糟糕，已經不能光用臨場緊張來描述。

可是她一開始的表現如此優異。

他們的協議很單純：處決墨菲，然後在那些出席會議的人身上展現她的技巧。在約一個小時之內，一個接一個除掉他們，不要做什麼非常花俏的舉動，只要展現她各種不同的能力就可以。她也知道辦公室到處都有的光纖攝影機網絡會被用來觀察她。

如果女朋友的展示足以令人印象深刻，她就可以獲得逃離這層樓的工具。三十樓以上的一切都會被燒掉。她會被撤出費城，並獲得獎勵：

晉升。

加薪的幅度並不足以讓她退休後到某個熱帶島嶼，去過充滿椰子、萊姆與背部按摩的生活，但是卻足以改變你對人生的觀點。儘管CＩ6沒有官方名稱或架構，裡面很多人卻對領導職垂涎三尺。對CＩ6領導職的信心，就好比美國對美元的信心：動力完全來自純粹的意志，而且完全沒有像是國會授權（哈！）那樣有形的東西。然而，領導職能夠取用的權力與資源令人咋舌。

對女朋友來說，升上更高的級職有更實際的好處。晉升意謂著她可以選擇自己的工作地點，這樣的話，她會選歐洲。她非常渴望回到歐洲大陸。在過去幾個月以來的通信中，麥考伊喜歡閱讀她對美國城市現況（尤其是費城）的長篇議論。她曾經寫道：在這裡，他們謀殺年輕人，但大多數人只關心運動球隊。

這也意謂她有足夠的錢，可以帶母親搬離波蘭的破爛老人住宅，把她安置到可以死得有尊嚴的地方去。也許甚至可以讓她的生命延長幾個月，或甚至一年。

女朋友對椰子與背部按摩沒興趣。

還是有興趣？

今天早上的事件令人不解。一開始有點不穩，大衛某個比較年輕的屬下……誰啊……啊，史都華・麥克蘭，在幾乎沒有人催促的情況下，他真的把有毒的「含羞草」調酒喝下去。史都華從前應該是童子軍或是天主教堂裡的輔祭員[3]。

接著是伊森・勾隱斯，他沒有準時到會議室報到。

得為女朋友說句公道話，在最後關頭她有試著挽救整個局面：

要我去找他嗎？

不用了，我們可以不必等他先開會。

你是要……

沒錯。

史都華一死，要去找伊森就太遲了。行動已經開始。

但是這卻徹底地改變了女朋友的行動計畫。她本來要把史都華與伊森留到後面，其實她是把員工依照殺害困難度排序：

1 大衛・墨菲
2 艾咪・費爾頓
3 伊森・勾隱斯
4 妮可・懷斯
5 羅珊・寇特伍
6 史都華・麥克蘭
7 詹米・迪布魯

---

3 協助整理祭台與運送聖餐聖血的服務人員，常由小男孩擔任。

大衛是真正令人擔心的下手目標。要是錯過幹掉他的機會，你就最好提高警覺。女朋友將會整個早上在辦公室裡到處跑，躲躲藏藏，為自己的性命奮戰。而且，她很有可能會打輸。

麥考伊早該知道。

所以立刻殺掉大衛是必要的。女朋友必須為了這次突襲而先準備好幾個星期，而她真的做了這些準備工作。

不只如此，她還成功做到一件大膽的事，當她剛提出這個想法時，讓人難以置信：

我會開槍打他，讓他癱瘓卻不會死。

在最後的時刻到來之前，我會拷問他。

他會把一切都告訴我。

最後這部分還要等著瞧，但是就麥考伊看來，大衛**已經**癱瘓而且還沒死，等著當女朋友的道具。

在那一刻，儘管有史都華跟伊森兩人攪局，女朋友的前景似乎還是很光明。

女朋友立刻對愛咪・費爾頓下手，並且依照計畫把解除她的威脅性。

麥考伊很喜歡這個部分。

給各地員工的訣竅：**永遠不要告訴老闆你懼高**，尤其是那種會把這件事寫在績效評估裡的老闆。

然後出現了一個問題：伊森不見了，他應該是下一個。事實上，要收拾愛咪・費爾頓之前必須先解決伊森。

強悍的伊森喜歡愛咪。

噢。

伊森・霍金斯・勾隱斯，特種部隊退役，在「持久自由」反恐行動的初期，他執行了一些阿富汗軍閥的處決任務，殘酷且有創意。他承受極度壓力的技巧，讓他獲得了CI6的注意。他本性獨來獨往，但開心地加入了「墨菲—諾克斯」公司，利用它當作兩個任務之間的掩護。伊森是個勇猛的戰士，在體能上，女朋友絕對不是他的對手。

重點是，愛咪・費爾頓的長相，神似高三時甩掉伊森的那個女生，就在他去羅德島那所長春藤盟校念大學的前夕。麥考伊甚至叫某個研究員把那本畢業紀念冊挖出來；兩個女子的外貌相似度確實驚人。

他們這段稱不上戀情的關係最好笑的地方——辛勤地監視這兩人之後發現，伊森與愛咪沒接過吻，更別說是做那件事了——就是兩人都認為戀情違背了「規則」，可是就官方立場來說，這個單位根本不存在，那怎麼會有不准員工之間約會的政策？

然而，這種狀況可以被視為兩人的破綻。

女朋友也從大衛・墨菲的績效評估裡偷看到這件事。

女朋友推想，要突破伊森的防禦，就得讓他看見他愛的女人倒掛在三十六層樓高的半空中，底下就是地面人行道。

震懾後殺之。

然後收拾掉愛咪。

可是伊森已經死了。女朋友以相當沒創意的方式所釋放出的沙林毒氣，讓伊森更接近死亡——現在還有人會玩扭斷脖子的把戲嗎？——這個計畫泡湯了。

然而女朋友顯然正努力要挽救這個計畫。也許她想要讓愛咪看到伊森軟趴趴的屍體，然後殺了愛咪。也許她認為這麼做會有什麼重要性。

麥考伊背靠著椅子，思考著這一點。

有什麼重要性嗎？

□

阿妮雅抵達南側消防梯三十六樓時，已經瀕臨崩潰。然後她想起來了：沙林毒氣炸彈。

噢，工作永遠都做不完。

她並沒計畫要接近沙林毒氣炸彈，大衛覺得這很好玩，她可不認為。

她本來以為她的種種計畫可以避免處理毒氣炸彈。

並非如此。

阿妮雅把伊森的屍體丟在樓梯間，翻開手環的某個置物空間，拿出一把裝了彈簧的小剪刀。她在送到公司的免費贈品中找到這把超薄瑞士刀，薄到可以放進皮夾裡，但帶上飛機卻是不合法的。這把刀本來是要送給墨菲的，她偷偷留作己用。這把瑞士刀裝滿各種迷你版的有用、簡單工具。牙籤、剪刀、銼指甲刀、筆。她的手環裡裝滿這類的普通工具，通常這些就是最棒的工具。

從她的位置很難看到毒氣裝置，在遇到這類情況之前，阿妮雅很少認為自己的身高是個問題。這裡沒有梯子或箱子，她得臨機應變。

伊森從肩膀到臀部的高度應該差不多。

她把他拖過來，讓他靠著金屬門坐著，然後跳到他肩膀上。她迅速地調整了一下重心，就穩穩站直了，姿勢完美。在她腳下，感覺上伊森的肩膀都是骨頭。

有那麼一瞬間，她想像伊森的屍體復活了，抓住她的腳踝，把她甩到水泥階梯上，接著他會撲到她身上，用牙齒噬咬她的喉嚨。他的氣息發燙，眼睛緊閉。

就算是在童年時期，阿妮雅就為過度活躍的想像力所苦。她沒有玩具，只有想像力。現在她向自己保證：伊森不會醒過來，她已經俐落地把他的脖子扭斷了，徹底殺了他。

阿妮雅，專注在手上的工作。

她好好地檢查了毒氣裝置一番，它似乎很簡單：電線接著電源，另一條電線接到門上的感應器，還有一些當作誘餌的電線。

但是在一條黃色的電線上，展現了大衛・墨菲病態的幽默感。那條電線的側邊印著：

剪斷這一條

大衛喜歡玩心理戰術。他的績效評估只是其中一種玩法，在辦公室裡的每次偶遇都變成迷你心理戰。大衛的工具是最殘酷的一種：他提出的問題被設計來讓你提高防備，同時又讓你露出破綻，逼著你去防禦一個你漸漸開始懷疑的立場或陳述。在過去幾個月以來，阿妮雅已經偵測出一個模式：

也就是沒有模式。

幾乎屢試不爽，最顯而易見的答案就是正確的答案，然而那些乍看之下不正確的答案，卻越看越覺得有可能是對的。

你倉皇地想要跑得比他快，想得比他深，通常正確答案就是你直覺判斷的那一個，你想說出的第一個答案，也就是他用計讓你跳過去的那一個答案。

阿妮雅心想，這些電線是否也是這麼回事？「剪斷這一條」是大衛自己做的記號。還是他預期有人會逃到這裡，嘗試要拆除毒氣炸彈，他知道像是「剪斷這一條」這種訊息，將會把那個人搞瘋？

□

三千五百哩外，麥考伊把注意力轉到另一個螢幕，上面顯示著會議室裡越來越詭異的景象。妮可・懷斯以開槍轟掉她老闆的手指來刑求他，一次轟掉一根。

真是浪費。

在第二個螢幕：妮可跨坐在大衛身上，思考著要轟掉另一根手指。大衛難以判斷少了幾根手指，但看起來好像是兩根：食指跟拇指。大衛從此再也無法跟著老歌彈手指打拍子了。

同時間，說到手指受傷的人，詹米正站在角落，受傷的那隻手緊靠著胸口。這是女朋友另一次有瑕疵的體操落地動作。

她自己的弱點。

女朋友本來應該把詹米留到最後，嘿，他不是名單上的第七位嗎？可是她卻割開他的手指，讓她分心沒注意到妮可，吃了妮可好幾記，然後才打倒妮可。可是就算在那時候，妮可也只是暫時被擺平而已。

臨時起意刑求詹米，也讓女朋友沒辦法收拾第五號羅珊・寇特伍。好吧，就算羅珊是難度比較低的目標，但也應該是被用作應徵試演之用，而不是意外被她的夥伴給終結掉。

綜合以上所述，女朋友應該要殺七人，目前卻只殺了一個半：伊森（手法老套，也不俐落）以及她第一個殺掉的大衛。時間越來越少，她所剩下的目標之一——她無法除掉的那一個——現在手上有兩件武器。她這樣的表現實在無法為履歷增光。

也許基恩說的沒錯，他確實太早愛上女朋友了。

□

阿妮雅暫時停止呼吸，閉上眼睛，剪斷那條寫著「剪斷這一條」的電線。

她這些動作並無法保護她不受沙林毒氣噴射攻擊，這只是人類的反射動作。這些年來，她已經學會控制很多事情，但是有時候人類需要反射性的閃躲動作。她讓自己保留這種奢侈的本能。

毒氣裝置沒有動作。

果然是大衛的風格。

她跳下伊森的肩膀。一旦沒有她維持屍體的平衡，伊森就滑向右邊，頭部撞上紅色的水管，轉了一圈，臉朝下撞上水泥階梯。

抱歉，伊森。再到一個地點，你就可以安息等待火化。

在你女朋友的辦公室裡。

這是稍微挽救原始計畫的唯一辦法。把愛咪・費爾頓拉進來，讓她看著愛人的屍首，等待光纖攝影機捕捉她的反應。

阿妮雅希望她還有氣力像樣地尖叫出聲。

然後……處決她。不管臨時想到什麼方法都可以。也許愛咪面對愛人的屍體就會自殺。這個場景不是會很好看嗎？

反正事情已經來到尾聲，因為伊森在消防梯裡的大冒險，整件事已經曝光。她需要做個了結。

準備出國——她**和**詹米。

然後到會議室，跟大衛・墨菲做最後的了斷。

阿妮雅迅速打開消防梯通往辦公室的門，掃視了走道兩邊。沒有人跡。她用腳讓門保持開啟，再把伊森的屍體拖進來。

她已經虛弱到沒辦法再度把屍體抬上肩。她的斜方肌已經用到垮掉；保羅怪異的體位要求並不足以讓她保持她想要的體能。這是另一個離開美國與其懶惰的生活型態的理由，越快越好。

她告訴自己，只要再過一會兒就好了。往前走，穿過那扇門，接著就左轉——如果沒人擋路的話——只要過三扇門就可以到愛咪的辦公室，之後就不用再扛屍體了，不必再耗費體力，只要把逃生器材綁到自己身上。

還要把大衛・墨菲的眼睛挖出來。

打碎他的顱骨。

用手指插進他的腦袋。

聽到他們所在的樓層之下，傳來猛烈的爆炸聲。

□

基恩的情報來源回電時，他正在喝第二杯柳橙汁。

「你星期六也在工作？」一個帶著紐卡索口音的男人說。

「噢，今天是星期六？」

「你的回答很好笑。我有你需要的東西。」

他們透過網路電話交談，兩地之間傳輸的訊號被編碼再編碼了六次。

通常網路電話的安全性，只跟一個啤酒杯底裡有兩顆FM2安眠藥的大二女生差不多。除非你有大眾無法取得的編碼與解碼軟體，這個軟體可以讓網路電話變得相當安全，尤其是大多數的情報組織截取網路電話通聯的困難度，就跟竊聽兩個空罐拉線玩電話遊戲的難度差不多。

基恩對網路電話有點狂熱。這是他第二喜歡的通訊方式，僅次於加密電郵。他討厭行動電話。

「我應該寄一份研究資料給你嗎？」情報來源問道。

「好，但是可以提供一些重點嗎。」

「現在？」

「我好奇得快瘋了。」

「好的。你那邊的男朋友……」

基恩呵呵笑。

「怎麼了？」

「沒事。只是你用的詞，我晚點再跟你說。」

「你說的好像我們以後還會同處一室似的。」

「你講話真哀怨。請繼續說下去。」

「你的男人?他沒告訴你所有關於費城的事。」

「是嗎。」

「如果有人下令解散公司，不是我們下的指令。」

「指令裡提到的可不只是解散而已。」

「我知道。」

「誰可以核准這種事情?」

「有誰不行?」

正如基恩心裡所懷疑的，在一個不存在的組織裡，怎麼有辦法維護完善的指揮體系。

「你還有什麼情報可以告訴我?」

「研究資料裡面都有寫，但是我們在費城的公司似乎有點玩火自焚。」

「怎麼說?」

「他們資助了一樣相當不應該資助的東西。一種武器與追蹤裝置二合一的玩意兒。」

「我們並沒有核准這件事。」

「不是我們下的命令。」

該死。

「聽著，」他的情報來源說，「如果你打算去費城，別去為妙。警鈴已經響起，如果我是你，我會留在大西洋這頭。」

基恩謝過他的情報來源，並與他大略約好要在幾年內一起去西班牙伊比薩喝酒——「威爾，這當然好，我會在這兒一邊訂網路機票，一邊期待著。」他的情報來源回應說——基恩把冰冷的柳橙汁玻璃杯壓在側臉上，他覺得自己全身發燙。

□

阿妮雅把伊森放在愛咪辦公室門口。她的手環裡有一把可以打開這層樓每間辦公室的萬能鑰匙，她在上班第一天就打了這把鑰匙。結果它其實沒什麼用，對一個情報組織來說，這裡的人很奇怪地都不鎖門。太多員工可能是在美國中西部長大的。

主流派新教徒，過於信任別人。

一進辦公室之後，她把伊森的屍體拉進去，關上門，儘管這層樓已經沒有人會來找她，她還是上鎖以防萬一，除非詹米恢復了意識。

就算他恢復了意識，那也無妨，這可以是他教育的一部分。

阿妮雅走到窗戶旁。如果愛咪已經驚嚇而死，安排伊森的屍體就沒有意義了。她抓住皮帶，它很輕鬆就被拉起來。

阿妮雅探頭到窗戶外面一看。

愛咪不見了。

□

會議室的門被撞開。愛咪・費爾頓蹣跚走了進去，跪倒在地上。

「她在哪裡？」

「愛咪？」妮可把手槍放低說，「你跑到哪裡去了？」

詹米也很驚訝。他一時忘記自己發痛的手，思考著事件的新發展。老天爺——愛咪還活著。還有其他人活著嗎？例如伊森？

「**她在哪裡？**」愛咪覆述，有點是尖叫出聲。

「誰？」

「那個婊子。」

「她也找上了你？」

「我們得殺了她，**立刻動手**。」

愛咪臉色蒼白，全身發抖，但看起來可以把人撕成兩半——垂直撕開。她靠著會議室的牆壁，讓自己慢慢坐下去，她把手掌放在地板上，手指緊抓著地毯。

妮可離開大衛走向愛咪，手上還拿著槍。

「我們需要亮出底牌。」妮可說，「我們都知道這裡是什麼地方，但我不確定我們是在幫哪一邊工作。」

「你明知我們為誰工作。」愛咪說。

「不，」妮可說，然後吞了口口水，「我是中情局的人。」

如果妮可期待看到訝異的表情，她並沒有看到。

「嗯，」愛咪說，「我不是中情局。」

「我知道，你是CI6的人。」

「沒有什麼CI6。」

「你說的沒錯，」妮可說，「過了今天CI6就消失了。」

「聽著，忘掉這件事。我們現在遭遇的是一個殺人狂婊子，她想要把我們全殺光。」

「毫無疑問，是你們那邊的人。」妮可說。

「這裡只有兩個陣營，她那邊跟我們這邊。先幫我解決她，我們稍後再把這件事情搞清楚。」

「你們若不是對抗恐怖分子，就是她的同路人。」

「這說法很好笑。」

妮可思前想後，「你心裡在打什麼主意？」

「這裡至少有兩把槍對吧？」

「三把。大衛的、茉莉的跟我自己的。」

「子彈？」

「我的幾乎用完了，我用了兩發子彈打大衛的手。但就我所知，茉莉只開了一槍。」

「那麼我們到外面包抄她，把她給殺了。詹米可以留在這裡看著大衛。」

詹米一直在聽她們對話，試圖要從中理解一點意義，他清清喉嚨，「你知道，呃，這個叫詹米的人還在會議室裡。」

妮可忽視他，她問愛咪：「他也是你們的人？」

「什麼意思？」

「他聲稱是老百姓。是嗎？」

愛咪看著詹米，「對，就我所知他是平民。」

「太好了。」

地板上，大衛開始點其他的食物。這一次要漢堡王的餐點。兩個華堡，多加洋蔥，很多醃黃瓜，再加薯條。他開始喃喃地說，漢堡王據信是所有連鎖速食店中薯條炸得最好吃的。但是這是狗屁，因為麥當勞的薯條好吃到根本不用灑鹽巴。

「他是怎麼回事？」愛咪問。

「他頭部中彈的時候，你不是也在現場？」

「我不知道這樣會讓人肚子餓。」

愛咪與妮可互看一眼。她倆看起來像兩個大學生被迫一起做小組作業，可是她們顯然討厭小組作業。

「我不確定該不該把槍交給你。」妮可說。

「我們有兩個人，她只有一個人。情況很簡單。」

「你不明白。約三十分鐘前，我對她開了六槍，近距離發射，她彷彿像鬼魂一般閃過六發子彈。」

「她是血肉之軀，可以被殺掉。」

「嘿，」詹米說，「你們不需要殺人。」

妮可忽視他。

「你受過實地射擊訓練嗎？」她問愛咪。

「我會射擊。」

「嘿！」詹米大吼，「她是我們的同事，她腦袋混亂，需要幫助。你們不能就這樣去殺她！」

大家都發瘋了嗎？為什麼她們根本不理會他？

妮可嘆氣。

「我可以辦得到。」愛咪說，「我必須做這件事，就算是為此而死也得做。」

「好，就這麼辦，然後我們回到這裡解開所有的疑問。如果你騙了我，你就會死。」

□

愛咪知道死亡的況味。

倒掛著，很容易可以看到死亡。

它就在那裡，三十六層樓下。

死亡是城市人行道。

或者死亡可能是地面與三十六樓之間的空間。儘管她知道事實狀況為何，她還是難以決定。

愛咪對高度很著迷，她讀過那些跳出世貿中心高樓的人的報導。噢，她花了許多小時凝視著那張惡名昭彰的「墜樓的男人」照片——某個無名氏從燃燒的高樓跳出來的那一瞬間，被一名攝影師捕捉住：二〇〇一年，九月十一日，上午九點四十一分十五秒。在那一刻，一切看起來有一種古怪的秩序且沉靜。大廈的線條，那人的線條。一條腿微微往上抬，墜樓的男人看起來彷彿正在漂浮，凍結在空間裡，彷彿一切在他的掌控之中。*只要我張開雙臂有心要做，我就會停止往下墜。*這當然不是真相。

愛咪讀得越多，就越了解真正的恐怖。九一一事件隔天，那張照片出現在十幾家報紙的頭版上，它是詭異機緣下才拍到的照片。攝影師受到訓練去尋找對稱與形狀。在那一刻，墜樓的男人與他的環境組成完美的和諧，但是墜樓過程中拍到而沒用的那些照片——幾乎是機械式地連續拍攝——顯現了真相。墜樓而死並沒什麼對稱性，從北塔一百零五樓的高度摔下來，是一種快又恐怖又混亂的死法——每秒重力加速度九點八公尺的死法。

這就是死亡的模樣。

愛咪・費爾頓凝視死亡的時間接近一小時。

不，這並非真相。事實上，大多的時間她都是昏死狀態。

讓她恢復意識的是伊森。

他還活著，人在大廈裡，她確信這一點。他很精明——非常精明。某種程度上他預見了這件事發生。他像她一樣來上班，放下他的包包，打開電腦，但是注意到某件事情不對勁，一個小小的細節。這就是伊森的風格。

她倒掛著，想起在茉莉打擾她之前，她曾走到消防梯門口，大喊著想看看有沒有人（伊森？）在消防梯裡。

現在她知道了，伊森就在那扇門後。

她卻把他丟下。

是的，死亡就在三十六層樓之下。但是她可不會掛在半空中就死掉，還死不了。

她離伊森的距離，比她離死亡的距離近。

愛咪吸進溫暖的空氣，準備仰臥起坐，就是這樣，只要想著仰臥起坐，一次就好，就可以抓住窗框。你只要抓住一次，把自己拉進去室內。幹掉那殺人不眨眼的婊子，找到伊森。

現在，她站在走道上，手裡握著槍，她準備要完成第一部分的工作。

清理

傑出的領導者會努力去增加員工的自信心。如果人們相信自己，他們就可以做到令人驚訝的事情。——沃爾瑪企業創辦人山姆・沃爾頓

走道盡頭，愛咪看到有模糊的動態。不，不是什麼模糊動態。**是茉莉**。

愛咪扣下扳機，木板飾條與隔間牆爆出碎片。茉莉跟著爆風轉身，翻過身後的隔間牆，消失在愛咪的視線中。

「趴下！」愛咪大叫。

她們趴到地板上，兩把槍指向相反的方向。

「我想我打到她了。」

「你確定？」

「我們得去看看。」

「我去看。」妮可說。

她匍匐前進到走道邊緣，瞥了角落一眼，然後把頭縮回來。

「我看到一雙腿。」

「茉莉？」

「我想是她。躺在那裡的女人沒有穿鞋子，我一個小時前遇到茉莉的時候，她並沒有穿鞋子。」

「那麼就是她。」

「不管是誰，我要讓她變成殘廢。給她腳踝一槍可以讓她速度慢下來。我們站起來，從兩側包抄，一切就結束了。」

「我們需要殺了她。」

「不行。」妮可警告愛咪，「她必須為這起事件負責。」

愛咪給她一個斜笑，「你是中情局幹員。」她說此話的語氣聽起來比較像，**你是白癡**。

「沒錯。」妮可說，「我是。」

妮可舉起槍，飛身躍進走道。她伸長手臂，舉槍瞄準，尋找著那條腿，尋找著那個腳踝。

她沒開槍，卻咒罵著。

「怎麼了？」愛咪悄聲說。

妮可從地毯上彈起，回到原來的位置。其實愛咪不需要聽她開口，就知道發生了什麼那雙腿不見了。

我要讓她變成殘廢。給他腳踝一槍

就某方面來說，阿妮雅很幸運。這顆子彈穿透了她左肩的皮膚與肌肉，卻沒打到骨頭或關節，留下的傷口可以忍耐得住，稍後也可以治好。

但是非常倒楣的是，這顆子彈讓她轉身撞上牆壁。她使用到極限的肌肉現在拒絕工作，她躺在藍綠色的地毯上，部分的身體因痛楚而扭動——槍傷很痛——卻無法執行最簡單的身體指令，例如：*你一定要爬離這個走道——現在就爬*。

走道那邊的某人有槍。

她猜是愛咪。

噢，她太低估這個女人了。

愛咪・費爾頓是數據資料庫戰士，在指揮中心打仗的士兵。沒有證據顯示她以前曾經**拿過槍**。

但是她極有可能以不同的名字，累積了數年的現場經驗，然後才到墨菲—諾克斯公司來上班。假使真是如此，阿妮雅的任務就會變得非常艱鉅。

阿妮雅轉身趴在地上，她可以用手肘與膝蓋在幾秒內離開走道。她滾進助理們的辦公區，盡可能無聲地把門關上。

她爭取到了一點時間。

阿妮雅討厭助理辦公區。這裡是公司裡的多功能辦公區塊，使用的人包括聽打員、研究員以及其他各種臨時員工。大衛雇用人的標準是三圍比例與眼睛。男人極少踏進助理辦公區；

這裡是女性專區，可想而知，大衛可以輕易地跟這些女人上床，而不會造成未來的麻煩。

不過大衛從沒這麼做。就阿妮雅所知，他克制自己不在辦公室找伴，而是到城裡其他地方尋求發洩——通常的資訊來源是本地另類新聞周刊背面的個人廣告。她曾經在他的行事曆裡發現一方撕下來的報紙分類廣告：「讓我吞下你那美味的喉部優格。」廣告上有個電話號碼，某人——應該是大衛——在號碼下方畫了兩條線。

阿妮雅很高興待會兒將把大衛殺了。

但是現在輪到愛咪開殺戒。

助理辦公區完全沒有武器。美耐板辦公桌上有用過的個人電腦、可收納式座椅、塑膠廢紙簍、陶瓷咖啡馬克杯，上面的裝飾字樣是「墨菲—諾克斯：以立足於友愛的城市為榮……創業五週年誌慶！」這裡還有黑色塑膠收件盒，漆成淺藍色的軟木塞牆上，大頭釘全擠在一角，一部裁紙器。

裁紙器。

阿妮雅迅速看了裁紙器的握柄、刀鋒與連接放紙平台的接頭。

她的左手目前已經廢了。

但是她的右手……

她打開手環的一個置物空間，拿出了一支迷你十字螺絲起子。她立刻開始工作。

她可以聽到有人走近。

□

妮可對愛咪比手勢：助理辦公區。愛咪點頭。這個辦公區有兩個入口：一個離大衛辦公室最近，另一個比較接近中央辦公隔間區。愛咪從接近大衛辦公室的那個入口走，妮可走另一個入口。

一條細細的血跡領向離妮可最近的門。

茱莉中槍了。

茱莉正在流血。

茱莉被困住了。

茱莉**完蛋了**。

□

阿妮雅鬆開第四顆螺絲並把它甩開。她雙手握著裁紙刀覺得很重；刀鋒很銳利。光是一手揮刀很費力，但是使勁並不會白費：這把鋼刀的重量將會使它更深地砍進目標，無論那是什麼。

也許是人的脖子。

或是一張臉。

□

她倆並沒預先計畫，但是愛咪與妮可同時間打開了兩扇門。

愛咪決定，只要有東西一動，立刻開槍送它上西天。儘管她手槍裡只剩幾顆寶貴的子彈，但她只需要一顆就夠，一槍就可以把茉莉逼出藏身處。她一旦露面，愛咪就會伸手掐住那婊子的喉嚨，用力掐她，對她的臉吐口水，直到她……

□

阿妮雅聽到左方有腳步聲。

右方也有。

左邊聽起來比較近。

她高舉起沉重的鋼刀。

凝視著地毯，等著人影出現。

□

妮可運用經典的雙手持槍姿勢，槍伸在前面，準備要轟開一切有敵意的東西。今天早上，茉莉・路易斯當然夠資格成為槍靶。

她之前已經逃過一劫，這一次可逃不了。

妮可想到茉莉完美白襯衫上的某一顆鈕釦。它是妮可的靶心，位於茉莉心臟左邊幾吋之處。瞄準這顆鈕釦，往右偏一點，然後開槍。她專心地想著這顆鈕釦。

她是如此專注，連某樣又冷又濕的物件劃過她雙手手腕時，她都還沒回過神來。

唉呀。

什麼東西打到她的雙手。

噢，天啊。

不。

妮可蹣跚後退。

到哪兒去了……

……她的雙手呢？

□

阿妮雅感覺到槍管的金屬抵在她頸背，接著聽到槍機拉開的聲音。

「不准動。」愛咪說。

阿妮雅意識到自己又犯了一個錯誤。不是只有一個人在跟蹤她，而是兩個，妮可·懷斯與愛咪·費爾頓。

妮可很容易解決——一刀就結束。現在她不是處於震驚狀態，就是忙著在地板上找她的雙手。

但是阿妮雅卻完全處於沒有防備的位置。

從她背後。

愛咪徹底利用了這個優勢。

阿妮雅雙手握著的刀刃太重，她往背後揮刀還揮不到四十五度，愛咪就可以把她的脊椎轟成碎片。

「把刀放下。」

阿妮雅照辦。這個共用辦公區的地板鋪著亞麻油地磚，沉重的裁紙刀墜地發出悶悶的咚一聲。

「雙手放在頭上。十指交叉。」

然後她大喊：

「妮可？你聽得見我嗎？」

這一切都錯了。妮可・懷斯受到致命一擊後還活著，愛咪・費爾頓克服了她的懼高恐懼。一長串令人失望的事件又多了兩樁。他們是不是在螢幕上看到了一切？妮可奇蹟般的復活？愛咪勇敢地爬進室內？

他們現在會說什麼？

殺人只殺一半是不能被接受的。愛咪‧費爾頓倒吊窗外，是精心計算設下的局。妮可不一樣，她應該已經死了。為求保險起見，阿妮雅應該補她一槍。但是當時逃到另一間辦公室似乎是最重要的，所以補她一槍就不是第一優先。妮可的橫隔膜受到癱瘓性的重擊，所以她已經停止呼吸。她應該沒辦法再靠自己吸氣了。

現在她們對阿妮雅說什麼？她的頭被槍抵住，還被迫放下武器？

「我們走。」愛咪怒道，抓起阿妮雅的襯衫衣領。愛咪拉她轉身，推她向前，往愛咪進來的方向走。她們在走道上走了一小段路，愛咪狠狠推她一把，阿妮雅的頭撞上隔間牆又彈回來。愛咪再度扯著阿妮雅的襯衫，推著她再往前走。

「快走。」愛咪說，「婊子，你跟窗戶有個約會。」

□

妮可靠著最近的牆壁，想要讓自己慢慢坐到地板上，和緩地坐下，可是她卻絆了一跤，她想要用雙手穩住自己，可是手不見了。這一定不對勁，她的手通常都接在手臂上。

看啊，那裡有一隻手，在地板上。

另外一隻手還勉強算是接著手臂。

□

阿妮雅微笑。

……微笑著。

愛咪，這就對了。

我們去你的辦公室。

我們來個約會。

□

往愛咪辦公室的路上，她又拉茱莉的頭去撞牆三次——不到十二呎的路途上，三次算是相當頻繁。第三次撞牆真的把牆撞裂了，油漆塊與灰塵紛落在地毯上。

愛咪辦公室的門微開，她很清楚在她逃脫之後，她有把門緊緊關上。她並不希望讓茱莉察覺到有任何不對勁的地方。

「為什麼我的門開著？」

「你的男朋友在裡面等你。」茱莉說，轉頭給愛咪看她的側臉。她的髮際線流下一條彎曲的血溪，她的嘴唇彎成小丑緊繃的微笑。

愛咪把茱莉的頭往前一推，讓她的頭去撞門，因此產生了有趣的效果：愛咪懲罰了茱莉，同時也把門一口氣全打開。

一秒鐘之後，愛咪希望她不曾把門打開過。

伊森坐在她的辦公桌後，雙手掌心向上，掛在椅子的金屬扶手上。他臉上欣喜的微笑若不是看起來這麼……不自然，就會勾走愛咪的靈魂。

「伊森？」

噢，神啊。

伊森不會是……

□

阿妮雅低身貼地，掃倒愛咪的雙腿。愛咪的臉撞牆，她手中的槍掉了出來。

在消防梯裡，痛苦地把伊森・勾隱斯拉上十六層樓的每一步，突然都值得了。

看她那悲痛的樣子。

阿妮雅盡力整理自己的襯衫，走到愛咪的辦公桌，從有向日葵圖樣的盒子裡抽出一堆面紙。關鍵是止血，失血過多會讓她頭昏。她需要解決愛咪，然後是大衛，接著找詹米談。一切就快結束了。

但是愛咪起身的速度比阿妮雅預測的快。

「我要讓你死得很難看。」她邊吐出嘴唇流的血邊說。

阿妮雅迅速地尋思該用哪一招。她有什麼技巧還沒使出來？她如何能讓光纖攝影機另一端的男士們對她留下深刻印象？她要如何拯救今早出了差錯的計畫？

愛咪往前猛衝。

□

妮可的腦袋裡只有一個念頭：爬回會議室，對大衛做超乎文字描述的可怕刑求，迫使他說出解除封鎖的密碼。理想上，她需要可以用一點點氣力就可以執行的刑求方法，因為她不知道她還能撐多久，而且這種刑求還必須是沒有手也可以做的，也許她可以用腳跟踩碎他的臉。

她無法讓自己去看被切斷的手腕。她可以感覺到一隻手還在，只靠一絲皮肉連在手臂上。她知道這很不妙，也知道她失血的量過大。

沒關係，她會用兩個沒受傷的膝蓋爬回去，爬行的速度得比她失血的速度快。

不，她不可以這麼做。

她剛剛的念頭真蠢。她需要先把手腕包紮起來再爬。

但怎麼包紮？

你要是沒有手，要怎麼把東西綁起來？

無論如何，她還是要試試看。

若是在遇到頭號敵人之前，就因為失血過多而昏迷，妮可絕對不能容許這種事發生。

頭號敵人就是她的老闆。

她翻身躺下，憤怒地用牙齒咬破襯衫。算了，就讓他看見我的胸罩吧，當我把我的血擠到他臉上，讓胸罩成為他看到的最後一樣東西。

我的血是他最後嚐到的味道。

然後她想到了解決方法：

廚房。

電熱爐。

可以用牙齒轉動的轉盤。

太好了。

□

基恩需要停止喝柳橙汁。現在他是強迫性地逼自己喝，胃酸正在撕裂他的胃。老習慣又慢慢溜回來了，只不過現在他喝的是佛羅里達柳橙汁，而不是蘇格蘭高地的瓊漿玉液。

但是他正閱讀著……這份資料會迫使任何人去喝酒。

基恩找過另一個情報來源。

基恩的第二個情報來源位高權重；謠傳她目前就是CI6的局長，或隨便你要怎麼稱呼他們的**最高領導**。她當然知道很多事，基恩每次跟她講話都不會空手而歸。

如果這個情資可以被信任，那麼「墨菲—諾克斯」就不是他的好夥伴麥考伊所聲稱的那樣：

這家公司是作為CＩ6幹員的掩護。這些幹員處理事件、做臥底、偷竊檔案資料、製造假意外、殺人。專業情報人員跟支援性質的平民員工混合，製造出一家營運中金融服務公司的假象。

事情並非如此。

這確實是一家金融服務公司。

沒錯，這家金融服務公司的宗旨是要滲透並摧毀恐怖分子的金融網絡，或是在反恐任務中，去摧毀國內外任何需要被毀掉的個人金融帳戶。

根據基恩的第二個情報來源，資金流量是雙向的。墨菲—諾克斯也會拿錢出去，資助訓練、研究、情報行動、購買武器。你有不想掛在官方預算裡的東西？只要透過墨菲這種人把錢送出去就可以了。

為什麼麥考伊要對基恩說謊？顯然他一定知道這一切。他的行為看起來像是清楚那家公司所有隱密的細節。

看在老天爺份上——為什麼今天早上有超過六個人得死在那裡？

□

詹米盯著他稍早坐過的椅子的背面……噢，他多久之前坐的？一個小時前？兩個小時前？詹米不太會注意時間的流逝，每當他開始專心寫稿，電腦上的數字鐘彷彿就會捉弄他。在他休育嬰假的時候，他跟安瑞雅講好，每天早上他都可以花些時間在他的自由撰稿事業上，也就是投稿故事給男性雜誌。

詹米解釋說，這是他唯一可以離開墨菲—諾克斯公司的方法，遠離「派系」。

但是正當詹米覺得正要寫出什麼東西的時候，時間就用完了。他需要照顧崔思，安瑞雅需要休息。他樂於為妻兒付出，因為他們是他的家人，他的一切。但是他每離開書桌一分鐘，他感覺自己的夢想又被拖延了一分鐘。

現在他遇到這種狀況，困在會議室裡跟只剩半條命的老闆在一起，他又有了這種感覺。他覺得自己處於異境，時間似乎積極地跟你作對。

「詹米，」一個聲音說，「你在嗎？」

老天爺。

是大衛。

愛咪與妮可清楚地下了指示，告訴他如果某人——不是愛咪或妮可的人——想要進會議室，他應該怎麼做：瞄準頭部。

「我可不會殺人。」他告訴她們。

「你想要再看到你的小孩嗎？」妮可問道。

「你們不能逼我。」他說。這句話說出口的時候，他感覺像是三年級小學生。

妮可把第三把槍塞在他的腰帶上。

「為了你的家人，你要這麼做。」她說。

然後她們離開了。

她們沒告訴他，萬一大衛跟他講話，他應該怎麼辦。大衛試圖強迫大家喝毒香檳，開始了所有的一切。

「詹米……拜託。」

「對，我在。」

「可以請你幫個忙嗎？」

「什麼忙？」

「我可以吃塊餅乾嗎？我餓死了。」

儘管詹米想要不理他，他卻辦不到。這個男人頭部中槍，現在要求吃塊餅乾。

儘管一個頭部中槍的人應該不會要求吃餅乾。

在崔思出生之前幾個星期前，安瑞雅在她公司附近的伯德斯書店買了一本童書。「開始幫孩子建立藏書。」她說。書名是「如果你給老鼠一塊餅乾」。有天深夜，詹米讀了那本童書，書裡的重點既可愛又單純：給老鼠一塊餅乾，他就會接著要其他的東西，然後要一樣又一樣的東西，直到最後你投降把靈魂給了一隻老鼠。

好吧，也許那並不算是這本書的重點，但是他現在確有這種感覺。大衛要求一塊餅乾，然後要一加侖牛奶，然後要一把槍，然後……

「你不介意幫這個忙吧?」大衛問道。

「哪一種餅乾?」詹米聽到自己說。

「只要不是棋王奶油口味就好。」

當然。

沒用的人才吃棋王奶油餅乾。

會議桌還維持稍早的樣子。紙巾跟餅乾疊在桌面,香檳酒瓶上冒著水珠。筆記本、筆,有些沒蓋上筆蓋。茱莉的白色糕點紙盒——就是先前裝著馬芬鬆餅與一把槍的那個,上面的包裝繩已經被剪開。

詹米從袋子裡撈了一片米蘭諾餅乾,拿過去給大衛,他的眼睛沒有張開。詹米跪在大衛旁邊,腦袋裡有各種選項亂轉,他必須小心行事。

如果你給老闆一片餅乾……

「我幫你拿餅乾過來了。」他說。

大衛一隻眼睛眨了眨後張開,「謝謝。」

「你想吃嗎?」

詹米讓餅乾懸在大衛張開的嘴巴之上,這實在有些荒謬,他的老闆看起來像是等著被餵蟲吃的雛鳥。

「想。」

「還不能吃。」

大衛瞇起眼睛，「真是的。」

「首先你得告訴我怎麼樣解除封鎖，讓我可以離開他媽的這層樓。」

大衛冷笑，「然後我就可以吃餅乾？」

「然後你就可以吃餅乾。」

詹米覺得他是在跟一個剛學會走路的娃娃做房地產交易。也許他可以再給大衛一個幼兒隨手杯，讓他提出的價碼更具吸引力。

「詹米，我喜歡你，真的。你跟辦公室裡的其他人都不一樣。今天早上我並不想要你進公司，但是我的老闆們堅持如此。他們說必須把你解決掉，我不懂為什麼。」

「那你就幫我。」

「我**還是**不懂為什麼。」

「如果我可以逃出去，我會幫你叫救護車。你不一定得死。」

「更何況你家裡還有新生兒。」

「天殺的！」詹米大吼，「告訴我怎麼離開這層樓！」

「我希望我可以，但是我不行告訴你。你將會死在這裡，就像我們所有人一樣。」

詹米感覺血液在沸騰，他心中充滿拳打大衛臉部的衝動，強迫他吐出密碼或是總鑰匙或是可惡的**歐米迦計畫**——任何可以幫助他離開這棟大廈的東西。**現在就動手。**

他並沒這麼做，而是緊握拳頭將米蘭諾餅乾化為粉末。碎屑如雨般落在大衛臉上，有塊碎屑掉在血跡上黏住了。

詹米張開手，手心被餅乾的巧克力夾心給弄髒了。

他被困在這裡，面對著某種死亡方式，而他的手有著血與巧克力的汙漬。

噢，人生真是荒謬。

「你這麼做太**刻薄了**。」大衛說，伸出舌頭舔起掉在嘴角附近的餅乾屑，「嗯——。」

詹米站起來走回會議桌，香檳酒瓶仍然排得好好的，瓶身上滿是水珠。也許他應該用「含羞草」強灌大衛，讓他永遠閉嘴。

不行。

一切都已經完了。

但他不是會殺人的人。

更何況，妮可讓大衛活著是有很好的理由：資訊。如果他們有一點點機會可以從大衛身上拷問出逃脫計畫，放棄這個機會就等於自殺。

但是他不能再跟大衛獨處在這裡，因為他**會**把大衛殺了。

「你不會活著離開這層樓。」

「我會找出方法。」詹米說。

「你不會的。」大衛說，「就算你有辦法找到方法，相信我，你不會想離開的。你以為遇到這種事情可以一走了之？你以為外面不會有人一定要你全家死光？」

「你根本就沒辦法這麼做。」

「剽悍的人講話也很悍。」大衛說，「沒人會想承認他無力保護他的家人。」

「噢，去你的。」

「動手吧，你這娘砲。」

詹米從腰帶拔出手槍，瞄準大衛的臉。

「噢，拜託你，**動手**，扣扳機，讓我看看你有多悍。」

妮可說過，這把槍裡面只有兩顆子彈，但是在這麼近的距離，一定不會失手。

「麻煩你了。」

詹米心想，這就是大衛想要的，就像餅乾一樣。這個怪物想要死在這層樓，為什麼你這麼亟於討好他？他已經不再是你老闆了，你不必聽他的話。

「**勞駕**您動手吧。」

詹米把槍丟到地板上，走向會議室門口。

「**喂。**」

顯然大衛並不開心，但是詹米才不在乎。他幾乎已經走到門口。

「喂！回來！」

穿過這扇門。

「我要放話出去！」大衛尖叫，「我要叫人好好地強姦你老婆！他們會把你兒子的皮活生生剝下來，就在你老婆面前。」

走出這扇門。

「他們喜歡做這種事情！他們就是為這種事情而活！」

□

牆壁比愛咪想像的更容易倒塌。她們周圍的空間旋轉著，牆面灰泥碎成粉末在空中飛舞。愛咪難以分辨天花板與地板的差別，但她相信自己的雙手。她正用雙手掐住茉莉的脖子，緩慢持續地把她體內的空氣壓出來。現在唯一要緊的就是她的雙手，她強壯的雙手，為了伊森，她的手必須強而有力。

□

通往會議室的走道很長，尤其當你用手肘與膝蓋爬行的時候，更是長到荒謬的程度，而且你還聞得到自己的肉被燙熟的氣味。妮可爬這段路，就像是從費城要爬到近一百哩外的哈里斯堡一樣。

但她需要爬到大衛那裡。

她也一定要爬到。

用電熱爐燒灼傷口止血的痛楚她都忍得過去，接下來的行動她也可以熬過去。

她以最肉體的方式渴望著大衛。

□

詹米試著按電梯按鈕，只是因為他必須這麼做，因為萬一大衛說什麼電梯不停根本只是撒謊，那一切不就很可笑嗎？

大衛說的不是謊話。

他再度按下按鈕，大拇指用力壓進塑膠按鍵，彷彿他可以光靠蠻力就強迫電梯停靠。

可惡！

另一個選項只剩消防梯的門。他走到離辦公室最近的消防梯門口，訝異地看到門把上掛著勾子與鐵絲。有人已經打開這扇門並拆除了神經毒氣炸彈？

他想冒這個險嗎？

□

阿妮雅躺在地毯上快被勒死，直到這一刻，她才發覺自己盤算錯誤。她本來以為愛咪看到伊森的屍體就會完全崩潰，但是卻造成了反效果，讓她充滿精力。這是阿妮雅懂事以來，第一次認為她可能真的會死掉。

她的左手連接著受傷的肩膀，已經完全沒有氣力。光靠她右手的力道，並不足以掙脫愛咪牢牢掐住她脖子的雙手。愛咪的大拇指狠狠壓進她的氣管，專人修剪的指甲嵌進她的頸背，彷彿正在摸索著腦幹連接脊椎之處。

現在阿妮雅真的頭昏了。灰色的浪潮正把真實沖走。她閉上眼睛卻看到灰色點點，那並不是灰泥粉塵。

阿妮雅摒住呼吸，用沒受傷的那隻手緊抓愛咪的手腕，但她的防禦並沒什麼效果。

她並沒預期到會有這種狀況。

愛咪是怎麼辦到的？

藉由思念摯愛男人而產生的力量。

只有在童話故事裡才會發生這種事情，而阿妮雅厭惡童話——至少討厭過去她獲准去讀的那些童話。但也許思念真愛時會有真正的魔法發生。

所以她想著詹米。

□

詹米把手放在發亮的銀色門把上。如果他往下一壓，也許他會來得及聽到炸彈被觸動的聲響，然後可以往後一跳躲開，找另外的方法逃出去。

但是詹米，還有其他的逃脫方法嗎？

安瑞雅，如果你可以聽到我的心聲，如果你知道你的笨蛋老公盡了全力，而這是他想到可以逃回家找你的唯一方法……

□

大衛躺在地板上，聽到一個聲響。

他沒辦法轉頭過去看，但他熟知那是什麼聲音：會議室的門嗖一聲打開了。啊，詹米回來了，他一定明白了想逃走是沒希望的。現在他回來要殺他的老闆。

感謝神。

「你把槍留在這了。」大衛說。

「我知道。」一個聲音說。

不是詹米。

但是大衛從他仰躺在地板上的姿勢，看不到任何人。現在他是不是有幻聽？這並不會讓他吃驚，他頭部中彈，而且非常**飢餓**。他整個早上除了一點米蘭諾餅乾的碎屑之外，什麼都沒吃。**只讓他吃餅乾碎屑**，真是殘酷的吊胃口方法。

「哈囉，大衛。」那聲音說。

一個女性的聲音。

妮可。

他轉了頭，雖然痛，卻可以看見她。她爬向他，她的雙手布滿紅漆，相當多的紅漆。為什麼她正用臉推著那把槍？她把槍推向他，還用鼻子把槍管指向他？為什麼她沒有把那把該死的槍拿起來，趕快一槍把他了結？

他只希望完成他的任務，然後回家。

□

阿妮雅扮演茉莉的時候，她以為自己對美國免疫。她的確也是如此，除了對詹米之外。他會聆聽別人說話，真正的傾聽。他沒有把她當成一座大機器裡可以用過就丟的零件，他沒有只把她看作擁有一對奶子與女陰的維生系統——倒也不是說她在工作時有給人看過這些敏感部位。因為某種理由，詹米讓她非常放鬆，使她得謹慎別脫口講出俄文，因為詹米讓她感覺就像回到老家一樣。

自從她遇上他的那一刻起，她就想要撫摸他，只要握著他的手就好。

今天早上唯一讓她分心的事情就是思念詹米，以及握他手的機會，儘管為了握他的手得讓他受罪。

疼痛會教會他一件事，同時也可以提醒她自己：

一切美麗的事物都可以被毀滅。

她思念著詹米，但是腎上腺素並沒有湧出來，只冒出一種奇怪的憂鬱。

她可能會在這裡被勒死，而詹米可能根本不知道或不在乎。

詹米。

他那些被割開的手指。

此時她找到了答案，知道應該是她放手的時候了。

□

詹米壓下門把。

過了一會兒，什麼都沒發生。

沒有毒氣炸彈被觸動的喀嚓聲。

或是嘶嘶聲。

或是嗶聲。

他把那扇門再推開了幾吋。

□

妮可現在跨坐在大衛身上，他看到她手臂上的紅色並非油漆，應該是她雙手的位置只剩血淋淋的斷腕。好吧，她的確還有一隻手還算掛在手肘上。她的皮膚聞起來有中國菜的氣味。這討人厭的甜美香氣讓他分神，沒注意到妮可沒穿襯衫，而她的陰部正抵在他胸口上。儘管衣物阻隔了他們兩人的肉體——而且她的雙手被切斷——她還是撩起了他的性慾。大衛從來沒想到，他會跟妮可體驗到這種親密滋味。自從她開始為他工作以來，她的目的就是毀了他。這真是令人遺憾，他總是覺得她秀色可餐。

「你有一個機會。」她說，一小滴血掛在她的嘴角上，「告訴我怎麼離開這層樓。」

「我現在好想舔你那裡。」大衛說。

妮可張大眼睛，然後上身前傾。有一瞬間大衛還以為她要輕輕給他一吻，就吻在他的額頭上。

但她前傾過了頭，她雙唇的目標在他頭部旁邊。

□

稍早妮可已經把手槍放在大衛頭旁邊，現在她正用手肘壓著槍柄。她伸出了舌頭。

我不幹了，她心想，使勁用舌頭壓下扳機。

□

大衛・墨菲死去的時候，並不知道他已經完成了他的任務。

他仍然想著妮可的陰部會是什麼模樣。他心想她的陰毛應該修剪得很漂亮，但那部位應該用得有點鬆了。他聽說過她跟幾個郵差亂搞了好幾年，實情也是如此，他自己看過一些她做愛的場景，邊看邊打手槍。

大衛戴的是防水手錶，他從來都不把錶拿下來，就算是做愛或是自慰的時候也戴著錶。他的情人們會嘲弄他這一點。怎麼，你想要幫我計時嗎？

自從他租下市場街一九一九號大廈三十六樓，並在三十樓裝設爆破裝置之後，他就開始戴著這支錶，引爆器就裝在他的手錶裡。

這種錶會監測你的脈搏，安靜、有效率、永不停歇。

但是這支錶跟一般此類手錶並非**完全相同**。他改裝過這支錶，讓錶內有安裝引爆器的空間。如果他的脈搏停止，一個訊號會傳送到六層樓下方的爆破裝置。如果大衛・墨菲死了，一切也將灰飛煙滅。

所以大爆炸已經發生了。

□

消防梯門打開的剎那，發生了爆炸。

詹米大叫著往後一倒，猛力撞在門對面的牆上，然後滑到地板上，像螃蟹一樣慌張逃開。

我的天……

那不是化學炸彈。

那個瘋狂的混蛋在門上裝了**真正的炸彈**。

但是炸彈不在這裡，並沒有濃煙火焰出現。爆炸聲聽起來好像是從大廈某處傳來。

炸彈是被裝在其他地點？

神啊，大衛計畫要把整棟大樓炸掉嗎？

□

二十層樓之下，文森夢到他聽見爆炸聲。他醒過來，發現自己雙眼流血，而且幾乎無法呼吸。

他也聽到一個男人的尖叫聲。

□

愛咪短暫地鬆開她緊掐住阿妮雅的雙手——某處發生了爆炸，似乎讓她有些困惑。

阿妮雅只需要這麼一瞬間。

她手環上某個隔間蓋被輕鬆地翻開，一把刀刃滑進她的手心。她冒著險，放開抓住愛咪手腕的雙手以取出自己的武器。但是哪有真愛不需要冒險犯難？

阿妮雅用她受傷的手臂固定住愛咪的身體，用右手將那把刀插進愛咪頸部的凹陷處。

她拿刀沿著愛咪乳房、肚子之間往下剖，一直剖到愛咪腰帶處才停手。

Jamie DeBroux

詹米・迪布魯

[redacted]

[redacted]

~~Ethan Goins~~

~~伊森・勾隱斯~~

[redacted]

[redacted]

Molly Lewis

茱莉・路易斯

~~Stuart McCrane~~

~~史都華・麥克蘭~~

Nichole Wise

妮可・懷斯

這顆穿透大衛腦袋的子彈，也打破了會議室其中一面大窗戶，在玻璃上留下蜘蛛網狀的裂痕。妮可心想，這真是好運氣，只要稍用點力就可以把整面玻璃推出去，不必再想辦法呼救了。她所在的高度太高，不必再認真去想求救的方法。而且樓下已經發生了爆炸，目前至少應該已經吸引了眾人的注意力。

不，代號是勇腳馬的妮可・懷斯做的是長期性思考。

如果她可以切斷死掛在手上不掉的那塊肉——碎裂的玻璃窗應該可以切掉它——她可以把她的斷手丟出窗戶，讓它在三十六層樓之下向世界揮別。也許需要一段時間，但在某個時間點，某個調查人員將會意外發現那隻斷手，裝進袋子，最後作指紋比對。中情局將會出現，有人將會提出質疑，也許真實的故事最後會被說出來：她在墨菲—諾克斯公司臥底的悲慘歲月。

也許她最後會變成一顆黑星，刻在白色佛蒙特大理石板上，那是中情局的榮譽牆：

僅此紀念為國捐軀的中央情報局幹員們

老兄，你跟本不知道真相是什麼。妮可心想。

然後她就死了。

Jamie DeBroux

詹米・迪布魯

[redacted]

[redacted]

~~Ethan Goins~~

~~伊森・勾隱斯~~

[redacted]

[redacted]

Molly Lewis

茉莉・路易斯

~~Stuart McGrane~~

~~史都華・麥克蘭~~

~~Nichole Wise~~

~~妮可・懷斯~~

基恩停在海邊看海浪。他並不期待即將開始的對話。

在沙灘的遠處，基恩看到另一條狗——不是像先前看到的三腿狗——而是一條健全的黑色拉布拉多犬，牠正跑進拍岸的浪潮裡。一個年輕的紅髮母親，年紀不超過三十歲，跟兩個學齡前的孩子站在一起，兩個小孩的頭髮都是紅色帶金色。他們跳著對著狗兒大笑，牠跑進浪潮裡，停步大號，然後在另一波海浪沖到牠之前跑離了水面。快速排便，基恩不得不欽佩這一招，狗主人應該獲得表揚。他心想那兩個孩子是否也受到這種訓練。*去吧，孩子們，跑進水裡，去那裡便便。*

基恩的手機響起，是他第二個消息來源打來的。

「我還以為我不會再接到你的電話。」基恩說。

「我也不認為我會打。」

「怎麼回事？」

「我這邊有很多事發生。」

「哦？」

「是的。」

兩人暫時無語。

「聽著，你就直說吧。應該不會比我所想的情形更糟了。」

「你的男人是一切的幕後主使者。」

「什麼意思？」

「大衛・墨菲只是傀儡。他已經過氣了，你的男人麥考伊把他從廢人狀態中拉了出來，開始操縱他，重新讓他站起來。但是麥考伊才是一切的主使者，他還資助了某種特殊的追蹤裝置，最近造成我們很大的麻煩。」

「我明白了。直到現在你才發現這件事？」

「你這麼說並不公平。」

「我被指派跟一個叛徒駐紮在同一個地點，到現在已經有**好幾個月**了，這才不公平。」

「我們的組織是一頭又大又蠢的動物。威爾，你明白這一點。我們又大又壯，但仍是很蠢。重要的是，你幫助我們揭發了他。如果不是你提出質疑，我們也不會發現，這才是重要的事。」

「是嗎？」

那條狗跳上海岸，那三個母子跑向牠。清空直腸之後，沒有比大跑一場更棒的事。

「還有一件事。」

「當然，你必須殺了他。」

「我們得殺了他。」

「嗯哼。」基恩吞了口口水，「你知道，我得了重感冒。」

「威爾，我很遺憾。」

「我不是要尋求你的同情。我只是……今天實在不是幹這種事情的好日子。」

現在母親、兩個小孩與黑色拉布拉多都已經離開了海灘，那條狗與大自然的交流已經完成。如果基恩明天回到同一地點，他可能可以看到同樣的事件重演。他心想不知在海裡有多少狗屎。

「對，我明白。但是殺人有好日子嗎？」

「你說的一點也沒錯。」

「那層樓的其他人又如何？」

對方停頓片刻。

「現在我們不能蹚這渾水。」

「我明白。」

「很遺憾。」

「不、不，我瞭解。嘿，結果今天整天都很烏，不是嗎？」

「威爾……」

「稍後再聊。再見。」

準備下班

成功似乎與行動連結。成功的人士不斷前進，他們會犯錯，但從不放棄。

——美國旅館大王康拉德・希爾頓

文森盡力忽視他的症狀，把伙伴瑞克德拉起來，拖出消防梯。他把伙伴挾在腋下，但他無法忍住觸摸眼睛下方敏感皮膚的衝動，然後他發現指尖沾著血。老天爺，他現在不能倒下，經歷了去年的事件之後，他不能再倒下，不能如此就放棄，不能像《中心突襲》書裡那樣。

呼吸如此、如此地困難。

他一看。

地板上有一顆人類的牙齒。

真是奇妙。

如果樓上真的發生爆炸，而他不是在作夢——你知道，高分貝消防警鈴作響似乎指示出，這個事件並非發生在夢鄉——那麼他就真的完蛋了。因為在火災時，所有的電梯都迅速降到一樓不動。唯一的逃生通道就是消防梯。

例如他們剛剛離開的消防梯，那裡面顯然充滿某種神經毒氣。

讓他呼吸困難。

那絕不是煤酚皂消毒藥水的氣味。

樓下保全辦公室裡的某處，在假楓木架子上，有一本厚厚的平裝手冊叫作《恐怖主義與其他公眾健康緊急狀況》。約一年前，每個人都收到了這麼一本很棒的小手冊。

手冊裡有急救要點，但文森除了記得要拚命沖洗皮膚之外，其他天殺的要點都記不起來。相信他，沖洗皮膚將會是他要做的第一件事。

如果他可以下去翻閱手冊，他跟瑞克德也許還有一線生機。

之後他絕對要永遠脫離這天殺的保全業，到此為止。現在還有人在當鋁牆板銷售員嗎？

但是北側消防梯已經不能使用，電梯也不能搭，只剩下一條逃生之路：南側消防梯。除非恐怖分子也在那裡放了神經毒氣。

這是他們計畫的一部分嗎？先在消防梯放毒氣，然後炸掉大樓，所以裡面所有的人都會不是被毒死就是被炸死？這並不合理。破掉的玻璃，他遇上那個神經病女人，一切都不合理。

現在先忘掉這些事情。他離職以後，還有很多時間邊搔抓卵蛋邊思考眾多的可能性。現在他需要把瑞克德拖進南側消防梯，並祈禱那裡沒有毒氣。

「你比外表看起來重。」文森說。

瑞克德沒說話。

「對，我就知道你會這麼說。」

□

詹米，站起來，離開這層樓。快點行動，光是坐在這裡並不能解決任何事情。試試另一邊的消防梯，再去試電梯按鈕，嘗試什麼都好。也許你剛聽到的爆炸會讓電梯再度停靠這層樓。也許爆炸會讓情況變糟，但是你要是不起來**做些什麼**，你就不會知道。

詹米轉過走道，回到電梯間。消防灑水器正在噴水，白色燈光閃動，火災警鈴大作。

而茉莉正站在那裡。

全身都是血。

從她的脖子到大腿頂端都是血，她大腿上沒有衣物，裙子因為某種理由沒了。或者她把裙子脫了，以炫耀她普通的內褲，原本骨白色的內褲染滿了血而變紅。她看起來像是史蒂芬・金小說裡的凱莉・懷特[1]，正在當內衣品牌「維多利亞的祕密」的模特兒。

灑水器把一些血跡洗掉了，但她身上還有很多血。

「我們需要談談。」茉莉說，音量大到足以蓋過警鈴聲。

「你出了什麼事？」詹米問。他的意思是指她遇到什麼事情會變成這個模樣，他說這句話

1 具有心靈傳動特異功能的少女。她在中學淋浴室沖澡時月經來潮，遭到同學們的嘲弄，因此啟發了她的特異功能。

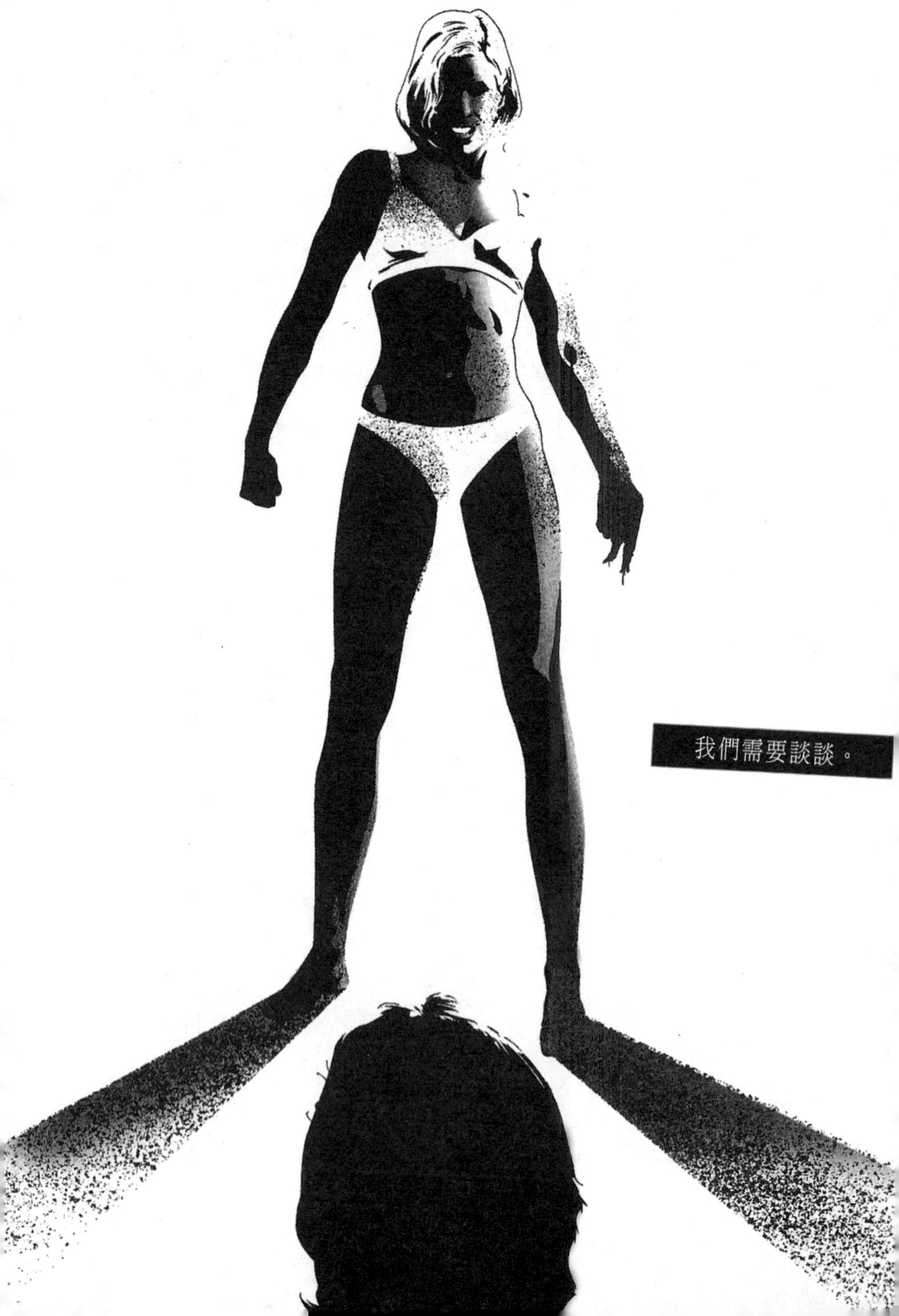
我們需要談談。

的時候，意識到他也是指她的**心理狀態**。他以前認識的茱莉到哪裡去了？那個茱莉永遠消失了嗎？或者已經回來了？

「接下來一分鐘之內你必須做一個選擇，這將會是你此生最重要的決定。」

她拖著一條腿走近他，在地毯中央留下一條血跡。

「哪裡——」

「噓，讓我說話，之後你要問多少問題都可以。」

詹米嚥了口口水。

「好。」他說。

但他心想：我沒有武器。可惡，他應該拿會議室裡的那把槍才對，就算是讓茱莉在一小段時間之內不敢動他也好，讓他可以及時想出一個脫逃計畫。

「大衛打算殺了你，我想要救你，這就是為什麼我要做這一切。你也許不相信我，但這一切都是為了你。」

「你說的沒錯。」他幾乎是用吼的，「我不相信你。」

「我割你的手是為了說服我的上司，你可以忍受疼痛。而你也真的辦到了，表現出第一流的水準。看看現在的你，努力尋找逃生方法。很多男人都會蜷縮著身體等死。如果保羅還在，就會是這個樣子。」

保羅。

她的丈夫。

如果還在？

現在她更靠近他了，讓他可以更清楚聽見她的話。詹米可以看到她也被人痛打了一頓，她的左肩有個傷口，看起來可能是槍傷，她的脖子有撕裂傷與淤青。她的臉可能也被打了，但是因為她的黑色長髮濕了貼在她臉上，所以很難判斷。在辦公室裡，茉莉從來沒有把頭髮放下來過。她現在這個髮型很奇怪，幾乎跟沒穿裙子與身上淌血一樣奇怪。

「我要你跟我走。」

「去哪裡？」

「遠走高飛。」

「你在講什麼？」

「去歐洲。我們在那裡可以很幸福，你可以寫作，你可以盡情花時間寫作。我知道你想要寫作。」

「歐洲？茉莉，我已經結婚了，而你是……」

她瘋了。

她伸手去摸他的臉頰，他畏縮了一下。

「噓。」現在她放低音量說，「對，茉莉・路易斯已經結婚了，但是我不是茉莉・路易斯，我的名字是阿妮雅・庫其錚。」

誰是安雅？

「你想要當什麼人都可以，就像蛇脫皮一樣簡單。」

詹米曾看著茉莉慘遭妮可痛擊卻沒死，看過她開槍打大衛的頭，感覺過她一招就讓他癱瘓的劇痛，然後她還切開他的手指。這個女人是誰？她能幹出什麼事情？她到底想要什麼？去歐洲？

把她身上的血沖掉，梳頭再綁起保守的馬尾，讓她穿上衣服，詹米幾乎可以看到從前的那個茉莉，他的辦公室配偶，一個安靜、體貼的漂亮女人，跟安瑞雅完全相反。

然而有時候，完全不同的事物反而能打動你，在你意想不到的時候把你吸引住。

就像幾個月之前。

大夥下班去喝酒之後，他跟茉莉同行準備回家。

嘿，我陪你走到你車子那邊。我車子停在這。很棒的休旅車。那我走囉。好啊，跟你在一起我也很開心……然後你動心了，你發現自己俯身去吻她的臉頰，其實你瞄準的是她的唇，接著她往後退，有些驚訝。你安慰自己說，嘿，那真是蠢事一件，我家裡可是有懷孕的妻子。

可是在那喝醉的時刻，你真的想要吻她。

她臉上的表情從困惑轉為害羞，之後她上了她的車，而你走路回家，你家並不太遠。潮濕的夜晚空氣給你時間思考，自己差點就幹下了什麼好事。

隔天上班時，一切如常，後來的日子也是一樣。只是她或許偶爾會看著你，眼神奇異、溫暖或是饒富深意。你忘了那件事，因為你就快當爸爸了。

你的小孩誕生，然後你回去上班。

在一個炎熱的八月週六早上。

那兩片你曾經短暫想要親吻的嘴唇，現在染著血跡。

而且她正說著關於你脫皮改變身分的事。

「你需要拋下某些事情。」茱莉說。

「我不懂你在講什麼。」詹米說，「這棟大廈正在燃燒，我們得離開這裡，**立刻就走**。」

她移向她，她的嘴唇露出一點微笑。

「如果你跟我走的話，我有另外一個脫身方法。」

「怎麼逃？」

「那方法不會很痛。」

她真的知道另一個逃脫方法？

無所謂。詹米曾經信任過她，結果她卻把他的手當成烤雞切開。他不會再重蹈覆轍，他也許是個搞公關的呆瓜，但他並沒腦殘。

茱莉現在靠得更近了，儘管到處都在灑水，他還是可以聞到她：血液那種銅板的氣味。

所以詹米做了他唯一能夠想到的事。他用力推了她一把，彷彿他們是遊戲區裡的學童。

她蹣跚後退倒在地上。

詹米拔腿就跑。

□

基恩打開玄關櫥櫃，抬起那片假的夾板底板。底下放著他的備用手槍，一把銀色的魯格左輪，三十八釐米口徑特別版。他從來沒想到自己在蘇格蘭波多貝羅會需要用槍，費了很大的功夫才弄到一把。儘管聽起來不太能令人置信，但他是去哈丁頓跟一個名叫喬－巴伯的胖子買了這把槍。但是他幾個月前就藏了這把槍，儘管他離開中情局已經很多年了，他還是難以不遵守莫斯科法則。

暗留伏筆，但使用時要有節制。

他把槍塞進腰帶靠近脊椎底部的地方。當他走上樓梯時，他回憶起另一句諜報圈的老話：

每個人都有可能被敵方所掌控。

當他把手放在門把上，想著殺掉麥考伊的事……

人類把真相合理化的能力沒有極限。

□

下樓這段路還不算很慘；文森只跌倒一次，把瑞克德摔到地上兩次。如果瑞克德日後問起，文森打算聳肩以對。老兄，我不知道你是怎麼會有那些淤青。他的肌肉顫抖，呼吸困難，但是他不能坐下來喘口氣。他們留在消防梯裡越久，他們就越可能會死。

文森到一樓的時候，費城消防隊的人馬已經陸續抵達了。他們在大廳裡與外面人行道上快速移動。媽的，兩個傢伙穿著全套裝備，手拿破門斧頭，戴防火面罩，他們走向文森，他們想要把瑞克德從他手中接過去。文森往後一退警告他們：

「我們中了化學毒氣。我們需要找反生化毒劑小組，國土安全局，或是任何你們應該去通報這種事件的單位。」

「毒氣在哪裡？」

「我剛剛在北側消防梯的十六樓。在你的弟兄衝上去之前，快去告訴他們。」

「另一邊的消防梯呢？」

「不曉得。還有——樓上還有人，我聽到有人大叫。」

「哪一層樓？」

「我不知道，比我所在位置還高的樓層，哪一層都有可能。」

「好吧，我們走吧，動作快！」

文森已經發出了警告……現在他必須把瑞克德帶進淋浴間，並找出那本該死的恐怖主義手冊。那些科學家們不知道要多久才會來分析這種毒氣，如果他可以大難不死——如果現在他感覺流下他臉頰的不是血，但文森猜想應該是血——他確信他將會連續數週接受各種檢查，驗血、刮口腔黏膜、檢查肛門。他的兒子將會深感興趣，問一大堆相關的問題。難題是，一個爸爸應該告訴他孩子這種事情嗎？這有教育意義嗎？

等到一切結束之後，文森・馬利拉將要做兩件事。

他真的一定要辭職。

而且他要把《中心突襲》丟進垃圾桶裡，在書上面尿尿，點火把它燒了。

□

詹米用沒受傷的手按下門禁密碼，然後拉開了門。他跑過一條短走道，立刻感到困惑。為什麼外面天黑了？他沒辦法打開最近的辦公室門——被鎖住了——但是他從百葉窗縫隙看到大樓最外層的帷幕窗戶。

這不是天色昏暗，而是煙霧。

這是因為**大廈正在燃燒**。

他可以看到天空中有紅色閃光。是消防車。

天殺的大衛・墨菲。

現在要冷靜，稍後再擔心這件事。詹米需要去一個可以遠離茱莉的地方，如果他可以繞開她，他就能到另一側的消防梯。也許那裡也裝了炸彈，也許沒有，但這是他唯一的選項。

詹米，事情並非如此。茱莉告訴過你，她有逃脫的方法。

對啊，她也說這個方法不會「很痛」。

呃，這可不行。

但如果茉莉知道逃脫的方法，那麼就有另一條逃生的路。也許他可以躲得夠久，並找到這個方法。他也可以看著茉莉從那條路逃出去，自己也跟上去。或者同時採用這兩種策略。

重點是，不要停下腳步。

詹米往右方移動。如果他可以躲到那些閒置辦公室與辦公隔間，他可以在這些空間躲來躲去，用聽覺來發現她的腳步（她赤腳走在地毯上，祝他好運可以聽到她的腳步聲），最後想辦法繞到另外一扇門，然後到電梯間，最後到另一條消防梯。

更何況，如果走左邊的話——往大衛辦公室的方向——是一條死路。

除了移動到樓層另一邊之外，他別無他法。此外他還要努力控制自己的呼吸，他的肺部動得太過劇烈，必須讓它慢下來。從鼻子吸氣，再從嘴巴呼氣。鼻子吸氣，嘴巴呼氣。

在辦公室的另一邊，詹米看到一個白色箱子，上面有著小小的卡通愛心圖樣。

慢著，他還可以做一件事。

他打開正面面板，迅速閱讀使用方法。他雙手各拿起一個金屬片握把，連受傷的那隻手也用上——他可以待會兒再處理這隻手——用他沒受傷的大拇指按下充電鈕，那個裝置發出了高音嗡嗚聲。

再等六十秒。

詹米用背部擋住裝置面板，將握把藏到他背後。

茱莉正站在走道另一頭。

「你還沒回答我的問題。」她說。

□

基恩打開門，用魯格射擊。

沒有必要用可愛的方式執行這件事。基恩覺得，麥考伊會在百萬分之一秒內發現事態有異。

但是這發子彈只打中了牆壁。某樣物件砍到他的手肘，劃開皮膚與肌肉。是一把切肉刀。

「啊，你這婊子。」

手槍滾出基恩的掌心。基恩用全身的重量撞在門上，讓門打到麥考伊。基恩原地迴旋踢，猛力踢中麥考伊的睪丸，讓他搖晃著往後退。他的頭撞上一個橡木五斗櫃一角。

基恩手肘上的疼痛讓他吃不消，他往後一倒，屁股著地。如果只是手肘挨一刀應該不會這麼痛。

麥考伊若不是硬撐，就是根本沒有睪丸，因為他迅速就從痛楚中恢復過來。他打開旁邊五斗櫃最底層抽屜，把手伸進疊好的六件T恤下方。他總是把槍藏在T恤下面，最上面的那一件印著美國現代爵士團體的名字「THE BAD PLUS」。

他把一把槍藏在T恤底下，也是一把魯格。

暗留伏筆，但使用時要有節制。

他們都受過傳統的情報員訓練。

「散步還愉快嗎？」麥考伊說，開槍射擊基恩的胸口。

□

「跟我走。」她說。

「不要。」詹米說，同時努力地控制自己的呼吸。

「你不必假裝了。」她說，「我可以給你所有你想要的東西。」

已經過了幾秒了？頂多只有十秒？

保持鎮靜。

讓她繼續講話。

茉莉開始走向他，「跟我走，我們現在就可以離開這棟大廈。」

「不要。」詹米說，「除非你告訴我這是怎麼回事。為什麼這層樓的每個人都非死不可。」

「這有什麼重要？你要用來當作寫書的題材嗎？」她微笑。

詹米可以聽到高音嗡嗚，她也聽得見嗎？

「我想要知道。」

散步還愉快嗎？

茱莉離他不過幾呎之遙。詹米假裝害怕的樣子往後背靠牆壁，要裝出恐懼並不太困難。

現在過半分鐘了沒？

「這只是一家公司，我們只是員工。我將要獲得升職。不只是為了我，而是為了我們兩個。現在我想知道你要不要跟我走。」

「我怎麼能夠把一切丟下？」

「你目前的人生真的值得留戀嗎？」

他的身後，某樣東西發出喀噠聲。

她撫摸他的胸口。

微笑。

詹米把體外電擊去顫器的金屬片壓在茱莉的胸口，壓下塑膠把手。他祈禱充電的時間已經足夠了。

夠了。

巨大的「啪」一聲。

她痛叫一聲。電擊讓她的身體往後飛，倒在地板上，她看起來像是被剪斷繩索的傀儡。

詹米丟下金屬片握把。神佑職業安全衛生署，是他們要求費城市中心二十層樓以上大樓配備這種急救裝置。就算是大廈裡閒置的樓層也要有。

這次電擊並不足以殺死她。就算在這個距離之外，他都可以看到她的胸口起伏。但是這將為他爭取到時間想出逃出這層樓的方法。

就算他得抬起辦公桌砸破玻璃也是個方法，讓底下的消防隊員知道這層樓有人需要救援。

會議室會是最好的賭注。也許他可以用那把槍打穿玻璃。啊，可惡！他責怪自己沒有先想到這個方法。開槍打破玻璃，把辦公室傢俱推出窗外。先用一張椅子吸引他們的注意，如果有必要的話，連會議桌也推出去。

詹米邁開腳步要往走道另一端前進，可是卻感覺到褲腳有東西，讓他停步。

往下拉著他的褲腳。

「你，」茉莉說，「還沒回答我的問題。」

□

這是致命傷；基恩心裡很清楚。時間所剩不多，這顆子彈一定打穿了不少動脈。他可以想像胸口內的狀態，就像是許多漏水水管的模型。他想像一個冠狀動脈工程師高舉雙手放棄，神情惱怒。現在我還能怎麼辦？這我沒辦法修理。

他的屁股也有痛處。

這並不是美式俚語說有什麼事情讓他苦惱的意思，而是真的有一樣很硬的東西捅著他臀部柔軟多肉的地方。

「你剛發現，還是已經察覺一陣子了？我認為你是剛發現真相。」

基恩看著麥考伊，他的愛人臉上帶著冷笑。通常基恩很喜歡看這種冷笑，麥考伊的冷笑會撩起他的性慾。

「我不會坐在這裡跟你解釋一切。」麥考伊說，「我討厭這種事。」

「對。」基恩說，至少他以為自己說了話。也許這只是他心裡的想法。

「但我會告訴你一件事，這比較是我個人要給你的訊息，雖然這跟專業領域有一點重疊。」

「什麼？」

麥考伊總是喜歡賣關子，逼你去問「什麼？」或「然後呢？」之類的問題。儘管現在基恩正坐著瀕臨死亡。

「我根本不是同性戀。」

基恩的手指找到屁股下的魯格手槍。他有力氣可以把槍舉起，所以他當然有氣力可以扣扳機，還可以連扣好幾次。他把剩下的五顆子彈全打出去。

其中多數子彈打中麥考伊，只有一發沒中，讓這棟公寓的下一任住戶只需要從牆壁裡挖出兩顆子彈就可以了。

如果有人正在觀察他們——雖然這是荒謬的假設——他們會傾向認為他開槍是因為那句

關於同性戀的話。但當基恩感覺生命力正在消逝的這一刻，他心裡否認這一點，並表示他只是直到生命尾聲都堅持專業態度。

善盡職責。

貫徹始終。

畢竟：

人類把真相合理化的能力沒有極限。

□

茱莉把他拉去撞牆。

她嘗試要再度扣住詹米的手指以讓他束手就擒，但是她的手因為染血而滑溜，詹米掙脫她的手想要爬開。他感覺她的手拉住他的腰帶，他往後一踢，踢中了她的腳。她吐了口氣，抓住他的腳踝，把他翻過來讓他背部著地，用腳跟踹了他的胸口。

這一踹感覺像是某人關上了他胸口的氣閥，詹米肺部的空氣被封住出不去。他無法吸氣，無法呼氣。他的手指不由自主地扒抓著地毯，讓他受傷的手感到新一波的痛楚。

但他其實並沒有想到手痛的事，因為更重要的是：**他無法呼吸。**

茱莉開始拖著他走向樓層另一側。

□

四千三百哩外，在威斯康辛州麥迪遜的郊區，一個穿著T恤與牛仔褲的女人正看著一個男人開槍打死他的愛人的錄影畫面。

幾分鐘後，這個開槍的人——一個化名為威爾・基恩的情報員——看起來也死了。她監看了他們好幾個月，突然的結局令人震驚。她不確定這是怎麼回事；她的上級從來沒告訴過她。他們說只要監視這兩人就好，所以她照辦了。她盡可能頻繁地監視他們，這是一對監視起來很有趣的同性戀伴侶。他們有點像是結婚很久的夫妻。她從沒想到事情會這樣收場。他們似乎真心關心彼此，但是「砰」一聲就發生這件事——他們打鬥，動刀動槍，然後在最後致命的連續槍擊之前，他們有簡短的對話。

那句關於同性戀的玩笑話導致了這一切，她心想。

這女人拿起電話撥給她的上司。必須派人過去善後。

當她在線上等候時，她無聊地想著接下來的監視對象會是誰，然後想到了披薩。

□

「如果你想跟我走，」茉莉說，「點一下頭。」

詹米別無選擇，他無法呼吸。

她沒把他拖太遠，他們進了會議室。他認得這裡的天花板，他背部底下的地毯很熱，大窗戶外面有煙霧繚繞。

「你很快就會失去意識了。」

詹米點頭。

她用手掌壓在他胸口上。那個神祕的氣閥被打開了，空氣同時試著衝進並衝出他的肺部。詹米轉身側躺，蜷曲身子然後嘔吐。

「好了，沒事了。」茉莉說，「只要繼續呼吸，過一會兒就不會不舒服了。」

現在地板很燙，詹米可以想像自己的嘔吐物再過一下子就會沸騰。把他的早餐，那些棋王奶油餅乾再度弄熱。

她正在按摩他的背。詹米張開眼睛，看到兩個人躺在地板上。一個是女人，上半身除了胸罩一絲不掛。她癱在一個穿西裝的男人身上。妮可……與大衛？

茉莉把他翻過來，用紙巾擦著他的嘴唇。那應該是她從會議桌上拿來的紙巾。

「我沒有冒犯你的意思，但我認為你要刷過牙之後我才會親你。」她說。

詹米的嘴巴與喉嚨有灼熱感，他的肺部感覺像快要爆炸了。他身體的其他部位似乎進入機能停止狀態。他的感官變鈍——那些你每秒鐘都會有的正常感官經驗。他的皮膚發冷，雙腿麻木，額頭冒出冷汗。經過了這一切，他終究還是會死？

「詹米，最後還有件事。」茉莉說，「我們需要把你的一部分留在這裡，讓調查人員可用它來採集一些DNA，光是血液並不夠，因為血液很快就會燒乾。我們需要你身體的一個部位，讓他們可以找得到的東西，他們以後就不會去找你。」

去你媽的。讓他們找到我，還有大衛、妮可、史都華、愛咪跟伊森。找到每一個今天早上被帶來這裡受死的人，然後讓整件事真相大白。如果詹米將會死掉，他希望安瑞雅跟崔思知道發生了什麼事。他不希望崔思長大之後會想：爹地只是從某天起再也沒回過家。

「我認為你的手可以留下來。」她說。

「什麼？」詹米瘖啞地說。

「它已經受傷了。是，你是個作家，但我會幫你的忙。你可以口述，我可以寫下來。」

茉莉微笑，「畢竟我是個有經驗的主管助理。」

「不行。」

「我可以讓你的手臂失去知覺。我不敢說完全不痛，但不會像你想像的那麼疼。你可以閉上雙眼，我會處理一切。」

「**不行。**」

「我們必須快點行動。」她說，然後站了起來，「如果你可以想到其他身體部位，趕快告訴我。」

茉莉轉身面對會議室的角落。她把潮濕的頭髮盡量撥離她的臉，她把胸罩與內褲穿好，彷彿是在下了郊區通勤火車之後調整商業套裝的樣子。然後她做了一件最奇怪的事：她對著角落的一個鬼魂說話。

「男朋友，我準備好了。」

詹米心想，她瘋了。

徹徹底底地瘋了。

「你已經看過我展現各種能力。」她接著說，「你已經看過我的技巧，以及我如何能迅速果斷地應付不斷改變的環境。儘管有些挫折，最後我還是達成了目標。我希望你會認為我是個具創意與決心的情報員，能夠處理我遭遇到的任何挑戰。」

她到底在跟誰講話？她腦袋裡的幻想聲音？就是這個幻聽叫她不斷地殺人？

「在我們的討論中，你承諾在我完成技能展示之後，如果你覺得我的表現令人滿意或更棒，你將會提供逃脫方式與避難地點。我現在請問你，你是否覺得我有價值？」

詹米滾動身體，尋找另一雙腿。也許會議室裡還有另一個人，也許外面有一架直昇機正在盤旋，等著他們抓住繩梯，飛向安全之地。

但是會議室裡沒有別人，只有他們兩個，以及他們死去的同事。史都華自從幾個小時前倒地身亡之後就沒再動過，大衛應該是終於因為頭部槍傷而死去。或者是別的死因，也許是妮可把他收拾掉。不過，是誰殺了妮可？

「你覺得我夠格嗎？」她問著會議室角落。

茉莉，你當然夠格。茉莉已經殺了所有人，一個接著一個。為什麼她饒了他一命？

只因為幾個月前某個酒醉的夜晚，他試圖吻她？

「**請**回覆我。」她懇求道。

詹米轉身趴在地上，用沒受傷的手撐住自己跪起來。他現在可以更清楚地看到妮可與大衛。更重要的是，他可以看到地板上的槍，就在妮可的臉部之下，槍柄露了出來。

「請你回答我！」

□

三千五百哩之外，沒有人可以回答她的問題。

□

問題是，詹米可以辦得到嗎？

他可以開槍殺一個女人嗎？

不，不只是一個女人。她是茉莉‧路易斯，儘管她瘋了——這是另外一個考量，她的心智已經完全失去功能——射殺一個幾個月前想要親吻的女人，這樣做對嗎？而且她可能已經心智失常？

但詹米懷疑這一點。也許她心智沒有失常。今天早晨的辦公室裡，有比他個人更巨大的事情在運作。妮可是這麼告訴他的。除非家庭裝修用品大賣場正在舉行化學武器、炸藥與毒香檳特賣會……今天早上的事件難道不可能比詹米的想像更重大更怪異？

而茉莉就是這件事的核心？

詹米看著那把槍，又看著妮可。她明知出了什麼事，卻拒絕告訴他。

如果你還不知道，那你就不應該知道。

□

這是不合理的背叛。

阿妮雅無法理解這件事。的確，她的求職試演在技術上有些糟糕。沒有一件事是依照計畫進行，但她卻絞盡腦汁隨機應變。結果任務還是完成了，她的同事們都死了，除了詹米之外的每一個人。炸藥已經引爆，雖然並非是依照計畫引爆，但用來清理現場的大火還是引燃了。一切都成功了，她已經證明了自己的價值，她的表現值得獲得回應。

他們就不能用簡單的回應認可她的表現嗎？

難道她連一個音節都不配獲得？

是？

或**否**？

阿妮雅想到母親待在那個糟糕的地方，正期待著自己給她過好日子的承諾。阿妮雅對母親說：媽媽，別擔心，我會回去接你。

阿妮雅說了謊。

對**自己的母親**撒謊。

連一個音節的回應都沒有，現在她身處在自己的夢魘裡：她身受重傷，全身是血，即將被活活燒死，跟自己唯一在乎的男人困在這裡。阿妮雅承諾過媽媽要介紹這個男人給她認識。

你會喜歡他的，他是個作家，就像喬瑟夫一樣。

而他們就快死了。

她嘗試了最後一次，最後一次懇求回應。她理應獲得回覆。

她為這個任務付出太多，不能得到這種下場。

一無所獲。

□

他辦得到嗎?那把槍就在那邊的地板上。

撿起來。

這個女人可以承受體外除顫器的最高強度電擊，還能馬上跳起來。

這件事的對錯以後再想。

你需要阻止她。

動手。

現在就動手。

□

會議室的門被撞開，兩個穿戴頭盔面罩、手拿破門斧的消防隊員衝了進來。

「我需要一個答案！」茉莉在角落尖叫。

「小姐，放輕鬆。」比較高的消防隊員說，「我們來救你們了。」

茉莉轉身，雙手緊抓身側，她看起來有一種奇異的茫然，儘管她幾乎裸體而且全身是血。

「不對。」茉莉說，「你們是來這裡被我痛擊。」

她回頭看著會議室角落，告訴她那隱形的朋友：

「我會證明我很有價值。」

她一跳越過三步的距離，往高個子消防隊員飛踢過去。

她的腳跟粉碎了他的塑膠面罩，讓他蹣跚往後退。

他比較矮的夥伴往前衝，用斧柄把茉莉壓制在牆壁上。

但並沒壓制太久。她抬起一隻腳放在那個消防隊員的胸膛上，一踹讓他飛出去。他的背撞到會議桌的邊緣，香檳酒瓶跳動發出敲擊聲，餅乾也滑出盤子。那個消防隊員趴在地上，雙手攤開在地板上。

此時他的夥伴恢復了意識，戴著碎裂的面罩往前衝。

茉莉再給了他的臉一踢，把整個面罩全踢碎。他慘叫一聲。

詹米站了起來，抓住一張會議室的椅子。那張椅子在他手下滑動，而且實際重量比看起來重。

他還是舉起椅子，往茉莉砸過去。

對準了她的背部。

她必須被阻止。

但是茉莉感覺到他的攻擊，側身一踢，把椅子踢開。詹米往後一滾，倒在妮可與大衛的屍身上。詹米雙腳踢動著，拚命想讓自己遠離屍體。

此時，兩個消防隊員已經受夠了。

他們想起自己的破門斧是有刀鋒的。

矮個子揮斧砍向茉莉的胸口。她抬起手肘格擋，斧頭砍穿了她的金屬手環，滑下她的手腕掉到地上。但是這一斧還是砍到了茉莉的皮肉，她大叫一聲，抓著她的手腕彎下腰。

高個子利用機會，一斧頭砍在茉莉背部的左上方。她搖晃地前進幾步，然後倒地。

一時間沒人開口說話。煙霧持續在大廈周邊繚繞，會議室裡的空氣開始看起來像熱浪。

茉莉趴在地毯上，凝視著詹米。

他想到幾個月前的那一晚，那個他酒醉陪她走到車子旁的夜晚。她也是用同樣的眼神凝視他。

但是現在有一點不同。

她正嘟起嘴唇。

給他一個飛吻。

在她闔眼之前。

矮個子消防隊員跪在她旁邊，脫掉手套，用兩隻粗短的手指壓在她脖子上。他搖搖頭。

「好吧，幹活了。」他的夥伴說。然後他轉身對詹米說，「老兄，你還好嗎？」

「還好。」詹米不假思索地說。

但是他當然不好。

「我們現在得離開這裡。」

「老兄，你有聽到我們的話嗎？」

詹米站了起來，一切發生的如此之快，然後他想起他本來要伸手拿什麼東西。

那把槍。

雖然老闆已經死了——他的屍體就躺在地板上，一片血漿覆蓋著他的頭——但他的話語迴盪在詹米耳邊。

你以為遇到這種事情可以一走了之？你以為外面不會有人一定要你全家死光？

詹米告訴大衛說，我不是一個殺手。

但真相是，他**可以**當一個殺手。

如果是為了他的家人。

詹米俯身從妮可臉部下方拿出那把槍。金屬貼在她的皮膚上，她的屍體還有體溫。不過，會議室裡的一切都正在快速加熱。

他衝往茉莉的屍體。他需要確定她已經死了。

他需要給她的腦袋一槍。

「喂、喂，住手。」矮個消防隊員說，同時伸出手抓住詹米，把他往後拉。消防隊員沒看到他手上拿著槍。「她已經死了。」

「這裡的煙霧越來越濃。」另一個消防隊員說。在他破碎的面具下方，詹米可以看到他的眼鼻。他看起來很年輕。

「我必須這麼做。」詹米說。

「你並不需要這麼做。」

「她……」

「老兄，她已經死了。我們後面還有一組人，他們會把她跟其他人一起帶走。」

詹米把槍丟到地毯上。

他們都離開了大廈。

離開辦公室

我只是想多花點時間陪伴家人。——大眾常用語

從南側消防梯下樓的路，感覺好像永遠走不完。詹米從來沒感受過這種高熱，他確信自己至少昏倒過一次，也許兩次。但是消防隊員們的手臂支撐著他，他卻連他們的名字都不知道。他想過要問他們，但是他的嘴卻無法說話。日後他一定要查出他們的姓名，寫信給他們道謝，請他們喝啤酒，把他們介紹給安瑞雅與崔思，請他們到家裡吃飯。

樓梯，轉彎，樓梯，轉彎，這個過程不停反覆，也讓下樓之路感覺比實際上更長。

他們最後終於到了一樓，詹米被放在擔架上，他伸出手去感謝他的兩位救命恩人，想跟他們擊掌之類的，但是他們已經又走進大廈了。

某人把一根針頭插進他的手臂，把一個氧氣罩蓋在他臉上，把他推進救護車裡。

他開始進入睡眠狀態，儘管現在只是中午而已。外面的天空如此黑暗，很難看出現在是日正當中。

他**想要**入睡。也許他一覺醒來，會發現自己以平常的睡姿躺在床上：左手塞在安瑞雅枕頭下面。就算是在深夜裡，她的香氣也是令人陶醉。他的手放在她的屁股上，如果情緒對了，

他的手會繞到她身體正面往上游移。

所以詹米昏睡了一會兒，幻想著自己已經回到家跟安瑞雅在一起。崔思在另一個房間，嬰兒房監聽器打開，所以他與老婆親熱時，娃娃就算只發出一點哭聲，他們也會聽得見，然後他們可以閃電般衝進嬰兒房撫慰孩子。

他可以聞到她的髮香。

或者想像自己聞到了。

慢著。

不行。

他還不能睡著。

他必須聯絡安瑞雅，告訴她自己沒事，打個電話**什麼的**。火災的新聞可能已經在各電視頻道上播出。天啊，她可能站在他們家公寓前門階梯就看到火災濃煙，聽說市場街一九一九號大廈出事了，並開始恐慌。他不能讓她擔心受怕。

詹米從擔架上坐起來，把氧氣罩拉起來，拔出手臂上的針頭。

他伸手到褲子後面口袋，看看他有沒有把皮夾放在裡面，還是留在辦公室內。也許他可以叫輛計程車，很快就可以到家。

可是他只找到一張卡片。

上面畫著一隻卡通鴨子穿著小男孩褲子。

□

稍後，火警現場的調查人員將會在三十六樓發現奇怪的事：一個單人跳傘包裡裝著達克龍材質降落傘，被火燒得面目全非，而這個品牌是低空跳傘專用的。這個跳傘包在地板上被發現，但是它看起來原是被藏在天花板輕鋼架之上，位置就在墨菲─諾克斯公司總經理大衛・墨菲的辦公室外面。當天花板隔板被燒掉，跳傘包就掉到地上。

調查人員不知要如何解釋跳傘器材怎麼會出現，唯一想到的理由是某個愛好刺激的員工把器材藏著準備以後跳傘之用。

但是這個理由並無法解釋跳傘包深處用信封裝著的一張便條：

上面打字寫著：**恭喜**。

□

那天中午過後沒多久，警察來到保羅・路易斯家，要通知保羅他的妻子失蹤的消息，卻發現了他的屍體。他們驚訝地發現他已經死去，嘴裡有咬到一半的馬鈴薯沙拉。

血液檢驗結果沒有毒物反應；他的死因被裁定是意外。

某人向一個記者通風報信。到了週六深夜，超過四十七家報紙都刊載了這條短短的通訊社新聞：一對夫妻同時遭遇恐怖的厄運。

真實姓名不刊出，以保護無辜相關人士。

□

詹米快跑到二十街，尋找著公共電話。他似乎記得雅克街角有一座，就在最近改走高檔路線的美式餐廳附近——那家餐廳漢堡九塊美金一個，菜單上多了七種馬丁尼酒。

他回頭一望，一九一九號大廈頂端現在已經是一片火海，火場冒出巨量濃煙，看起來好像整個市中心都著火了，彷彿惡魔把市中心全部買了下來。

每個人都好忙，沒有人注意到他剛從救護車走出來，開始走路。

走向他的家。

他記的沒錯，雅克街有座公共電話。聽筒連接話機的金屬線看起來嚴重損壞，但是還有線路暢通訊號音。詹米按下他的電話卡密碼，接著輸入他家電話號碼。響了三聲之後，答錄機接起了電話。

嗨，你打到我們家了。你已經打到這裡來，應該知道我們是誰。留下訊息，如果我們想回電的話，我們其中一人會回電給你。

詹米的錄音，他以為這樣很好玩。

嗶。

「親愛的，是我，如果你在家的話就接電話。我不知道你有沒有看到新聞，但我沒事。

我已經出了大廈，所以你不必擔心。你在家嗎？」

無人回應。

「親愛的，如果你在家的話，請接電話。」

安瑞雅不在。

「好吧……現在我要走回家了。我五分鐘之內就到家了，我愛你。」

詹米又等了幾秒鐘，看看妻子會不會接起電話。他們家公寓的格局很奇怪：玄關、廚房、客廳跟工作室在同一層樓，在半地下的樓層有兩間臥室，中間夾著一個空間。安瑞雅很可能在樓下幫崔思換尿布，他們常得去換尿布。

但這時候她通常已經接起電話了……

算了，掛上電話，走回家去抱老婆小孩，開始告訴她這個你會講上一輩子的故事。然後告訴她——用你最認真的語氣——現在你覺得你應該辭掉工作。

安瑞雅聽到這句話一定會大笑。

不會笑嗎？

你以為遇到這種事情可以一走了之？你以為外面不會有人一定要你全家死光？

別想了。

詹米加快腳步，走過富蘭克林博物館、費城市立自由圖書館總館，接著是星巴克咖啡館，然後是歷史悠久的穀倉大樓以及關閉已久的酒窖，最後來到乾洗店，看到乾洗店就表示他已經到格林街。從市場街走到格林街是逐漸上坡。詹米平常要是下班走路回家都會滿身大汗。

今天一切都無所謂了。濕氣、烈日、火災，一切都不重要。

詹米走到前門時想起：他的鑰匙。

可惡！他的鑰匙放在包裡，留在三十六樓了。

詹米用力按下他姓名門牌旁邊的電鈴。安瑞雅，拜託，聽到電鈴聲來應門。讓我聽到你按鈕打開大門的聲音，讓我在這個廉價的棕色塑膠盒子上聽到你的聲音。詹米再度按下門鈴。

沒有回應。

他無法忍耐下去了。

他按下其他的門鈴。他幾乎不認識他的鄰居們，這棟公寓裡沒什麼社交互動，家有嬰兒也讓他們家不太受到歡迎。

拜託，某人回答一下吧，開門讓我進去。

快點。

算了。詹米走下前門階梯，在一棵樹旁邊的土裡找到一塊大石頭，走到前門砸碎玻璃。他伸手進破洞把前門打開，走向公寓。他會賠償損失，他很樂意賠償，邊開支票還會邊微笑。

他們家接近走道盡頭處。他正要故技重施——破門而入，賠償房東——卻看到門沒關。

安瑞雅從來不會讓門開著。

費城讓她害怕。

我要叫人好好地強姦你老婆！他們會把你兒子的皮活生生剝下來，就在你老婆面前！

他衝進玄關，穿過廚房，進了客廳，電視開著播放地方新聞，正在用直昇機鏡頭報導火災事件，記者們在街上問著「發生了什麼事」的蠢問題，但詹米根本不在乎這些。**他現在**想要見到安瑞雅跟崔思，他衝下咿呀響的木頭樓梯前往臥室。

樓下很昏暗，但這並非不尋常。安瑞雅在崔思睡午覺時會把燈關小。

「安瑞雅！」詹米大喊。

他聽到嬰兒房裡有動靜。

小小的哭聲。

微弱的「哇哇」。

噢，感謝神。

詹米繞過轉角，望進崔思的房間。安瑞雅正坐在房裡的木頭搖椅上，懷裡抱著崔思，對嬰兒哼著歌。可是安瑞雅看起來不一樣，她只穿著內衣褲。

「安瑞雅？」

房裡很暗。他需要看到妻兒，撫摸他們，嗅聞他們的氣味。

他的手找到燈光開關，但他還沒開燈之前，她開口說話了。

「你並沒告訴我娃娃長得跟你一模一樣。」

詹米開燈。

他慘叫一聲。